DICTIONNAIRE HUMANISTE ET PACIFISTE

Du même auteur aux Éditions J'ai lu :

Méharées (4868)
Plongées profondes (5565)

THÉODORE

Monod

DICTIONNAIRE HUMANISTE ET PACIFISTE

ESSAI

Remerciements

L'éditeur tient à remercier tout particulièrement monsieur Cyrille Monod qui, par son aide précieuse et bienveillante, nous a permis l'accès à des documents personnels de Théodore Monod, dont certains inédits.

Nous remercions également monsieur Jean-Claude Hureau, professeur au Muséum national d'histoire naturelle, qui nous a autorisés à consulter, avant sa diffusion publique, l'index bibliographique qu'il avait établi de toutes les publications de Théodore Monod.

Nos remerciements vont aussi à Jacques Chancel qui nous a autorisés à reproduire des extraits de sa radioscopie de Théodore Monod du 5 juillet 1977.

Note de l'éditeur

En ce début de millénaire où les hommes semblent s'entêter dans leurs perpétuelles erreurs, Théodore Monod, disparu en novembre 2000, reste l'une des consciences de notre époque. Humaniste et pacifiste, son message résonne avec une force renouvelée.

Savant, naturaliste, homme de foi, protecteur de la nature, arpenteur de déserts, ces multiples facettes témoignent d'un amour inconditionnel pour la vie.

« Je ne suis pas un homme de la parole, je suis un homme de l'écriture », disait-il. De fait, Théodore Monod a écrit de nombreux ouvrages et en a suscité beaucoup d'autres.

Nous avions proposé à Théodore Monod, qui avait accepté, de réunir en un volume classé par mots-clés lettres personnelles, écrits, articles et entretiens. Cet ouvrage propose donc un voyage au cœur de l'univers de Théodore Monod. Par une approche inédite, globale ou plus ponctuelle, selon que l'on y plonge ou que l'on y picore, il aborde tous les thèmes et les valeurs chers à ce penseur du XXe siècle.

Afin de permettre de replacer le propos dans son contexte, le lecteur trouvera, en fin d'ouvrage, les références des textes retenus et la date de leur publication ou de leur expression orale.

A

Accident de chasse

L'argument traditionnel, et toujours invoqué, est que le véritable coupable est, en réalité, simplement la fatalité. Celle-ci a vraiment bon dos, surtout quand on veut comparer l'accident de chasse à un accident de la route : une voiture n'est pas homicide par destination, tandis qu'un fusil est fait pour tuer et ne peut servir à rien d'autre.

Afrique noire

Savoir, d'abord, que rien d'utile, aucun progrès substantiel et durable ne se fera si l'on tente, par ignorance ou légèreté, de négliger les exigences de la réalité. [...] Voilà, précisément, ce que les Européens n'ont pas su faire. Ils ne se sont pas assez préoccupés de savoir si le sol où ils comptaient planter les jalons de leur édifice était vierge de toute fondation. Ils n'ont pas interrogé le passé.

Imbus de leurs prérogatives d'hommes modernes, convaincus d'être accueillis en bienfaiteurs par le « peuple d'analphabètes », et d'apporter à ces « grands enfants » les rudiments de la morale et de la vie mentale, ils ont cru, vraiment, faire œuvre de messie et projeter sur un océan de ténèbres le phare de la civilisation. [...]

Un fait demeure : l'Afrique existe, et avec elle, ses rites, ses danses, ses religions, ses superstitions et son art. Les Noirs, je le répète, ont un passé de traditions, une histoire tout aussi vieille que la nôtre, à la différence près qu'ils ne l'ont pas écrite. [...]

La source de bien des erreurs vient de ce que nos bons apôtres n'ont pas su percer le voile des apparences et découvrir, derrière les manifestations extérieures du fétichisme, que toutes ces coutumes, tous ces rites, constituaient un ensemble solide, ordonné, indivisible.

Ces traditions nous révèlent l'existence de plusieurs civilisations – on en compte actuellement dix en Afrique – aussi diverses que la gamme des couleurs, et d'une vie sociale minutieusement orchestrée, profondément enracinée dans le substratum religieux qui leur sert de base.

[...]

Ainsi que l'a si bien souligné mon collaborateur et ami Monsieur H.-D. Duchemin dans *Le Monde noir*, il n'y a pas en Afrique de Monsieur N..., matricule N... On n'est pas un individu, on est, d'abord, membre de telle famille, fils de tel homme, sujet de tel chef. Le travail est collectif, les biens sont collectifs. L'individu s'intègre dans un système d'obligations qui lui impose des devoirs, mais en revanche lui donne des droits. Le collectivisme du village, de la tribu forme un tout. L'homme reçoit, en contrepartie, la protection absolue qui lui permet de traverser la vie d'une façon à peu près équilibrée et régulière.

ALCOOL

Il y a quelques économistes aujourd'hui qui essayent de faire entrer des phénomènes et des choses qualitatives dans le calcul que l'on peut faire, parce que le produit national brut, nous savons très bien comment il est calculé : il paraît que c'est le signe de la prospérité d'un pays, mais c'est une somme arithmétique de tout ce qui se passe, sans défalcation des nuisances ! J'ai entendu un économiste nous expliquer que si l'alcoolisme décuplait en France – il est déjà pas mal comme ça – mais enfin s'il décuplait en France, cela s'inscrirait positivement, parce qu'il faudrait beaucoup plus de prisons, beaucoup plus de police, beaucoup plus de jambes de bois, etc. Il faudrait peut-être aussi songer un peu aux méthodes de calcul que l'on emploie si l'on veut servir l'homme complet.

ALCOOLISME

Message de Théodore Monod à l'occasion du centenaire de la naissance du Docteur Legrain, célébré à la Sorbonne le 12 juin 1960.

Absent de Paris, je ne pourrai ce soir m'associer, corporellement du moins, à ceux qui viendront célébrer ici la mémoire du grand honnête homme, du courageux lutteur que fut le docteur Legrain.

Je tiens toutefois à témoigner ici du respect et de la reconnaissance que l'antialcoolisme français tout entier doit à ce pionnier, que tous les abstinents de notre pays tiennent pour l'un des principaux fondateurs de la doctrine qu'ils s'efforcent de vivre et de propager, parce qu'ils la croient salutaire et efficace.

Évoquer le docteur Legrain, c'est, d'abord, pour moi, retrouver des souvenirs familiaux. Le pasteur Wilfred Monod, mon père, champion infatigable des causes justes et impopulaires, a vécu l'époque héroïque des débuts de l'antialcoolisme militant en France : jeune pasteur en Normandie, il avait découvert, avec épouvante, l'alcoolisme français et devenait, du coup, l'abstinent convaincu qu'il devait demeurer toute sa vie. [...] La collaboration des deux hommes sera durable. [...]

Si mes rapports personnels avec le docteur Legrain n'ont pas été très fréquents [...], j'ai lu avec une vive sympathie ce maître, toujours actuel, et plus actuel que jamais, de l'antialcoolisme constructif et éclairé. Quelle solidité dans l'information, quelle sagesse et, aussi, quelle vigueur d'expression, quel franc-parler, et, quand il le fallait, quel talent de polémiste !

À quel point le docteur Legrain savait à l'avance sur tant d'entre nous mettre le doigt sur certains scandales et sur certaines plaies – à la vive indignation des « bien pensants » d'ailleurs – on le constatera sur un point précis, l'alcool « colonial » par exemple. L'un des premiers, il a eu le mérite et le courage de s'élever avec vigueur contre l'inondation d'alcool – criminelle mais lucrative – que les nations « civilisées » ont laissé déferler sur l'Afrique et l'Asie. [...]

À grands maux les grands remèdes : « S'il y a 40 000 idiots en France par suite d'alcoolisme, poursuit le docteur Legrain, nous ne voulons pas transiger à 20 000 : c'est le zéro qu'il nous faut. Sous aucun prétexte nous ne pourrons approuver l'abrutissement, même productif pour notre budget, de pauvres êtres à qui nous devons protection. Ce n'est point l'indigène qu'il faut pressurer en le faisant boire et fumer, pour remplir nos caisses, mais bien la bande de mercantis plus ou moins officiels qui se sont gorgés de millions aux dépens des malheureux. »

On sait ce qu'il advint de ces sages et généreuses objurgations et comment les flots joyeux de l'alcool ont continué, et continuent, à couler vers les pays sous-développés sans qu'aucune mesure sérieuse ait été envisagée encore par l'Assemblée nationale pour les endiguer puis les tarir.

Mais le jour où le bon sens et l'intérêt véritable de notre peuple, celui de la santé des corps et des âmes, auront triomphé, car ils finiront bien par triompher, on devra se souvenir, avec respect et gratitude, de la grande voix solitaire et inlassable qui, si longtemps avant le lever du jour, avait déjà su, en pleine nuit, bravant les moqueries et les haines, annoncer l'aurore.

Alphabétisation

Que les Noirs soient analphabètes n'exclut pas l'idée de passé, de civilisation. Pas plus que le fait d'avoir oublié de la confier au papyrus, au parchemin, n'efface l'existence de leur histoire. Ils n'ont pas éprouvé le besoin de la raconter, voilà tout. Et c'est dommage, car il eût été plus facile de la reconstituer. Mais des recherches récentes nous confirment la révélation de très vieilles humanités, si anciennes même que l'on se demande si l'Afrique n'a pas été le berceau de l'humanité.

Animaux

On pourrait se demander pourquoi une civilisation qui se prétend fondée sur les préceptes évangéliques, sur certains textes du Nouveau Testament, en est arrivée à un tel mépris de l'animal.

Je n'aime pas les animaux. Je demande qu'on les respecte. J'emploie souvent cette formule : « Les animaux ne demandent pas qu'on les aime, ils demandent qu'on leur foute la paix. »

Animaux (y a-t-il un au-delà pour les)

Je voudrais évoquer un problème déjà traité depuis le XVIIIe siècle, par un certain nombre de penseurs, britanniques d'abord, puis par un biologiste genevois, Charles Bonnet, et par d'autres... Mon père aussi a abordé ce problème : les animaux auraient-ils un au-delà ? Seraient-ils participants, eux aussi, de la rédemption ?

Il a paru récemment un petit ouvrage d'un théologien allemand, assez mal vu de sa hiérarchie d'origine, le révérend père Eugen Drewermann, qui s'intitule *De l'immortalité des animaux* (Éd. du Cerf, 1992). Il y a dans ce livre non seulement le texte de l'auteur, mais une longue introduction de Luise Rinser et une longue postface de Christian Damien, jeune catholique, auteur d'un livre que j'estime très important et qui s'appelle *L'Animal, l'Homme et Dieu* (Éd. du Cerf, 1978). Pour lui, il n'existerait pas de raison d'exclure l'animal du plan de la Rédemption.

Le mot animal reste toutefois à bien des égards ambigu. Quand nous parlons d'animal, nous pensons à un vertébré et plus spécialement à un mammifère. Or, les éponges sont aussi des animaux. Mais les éponges n'ont pas de système nerveux, ce qui ne les empêche ni de se reproduire ni de se nourrir et de se déplacer à l'état larvaire.

C'est pour cela que je ne parle plus d'animaux inférieurs, je parle d'animaux différents ; je n'aime pas trop les palmarès, même dans le domaine de la zoologie. Après tout, à partir du moment où un groupe animal est parfaitement adapté à son milieu, pourquoi serait-il nécessairement inférieur ? Inférieur à quoi d'abord ? À nous, bien entendu.

Animaux (et prière)

Il faudrait que les animaux puissent accéder aux lieux de culte. Je me rappelle une fois avoir prêché dans un temple protestant, il s'agissait à la fois d'un sermon et d'une conférence sur le thème « nature et liberté ». À la fin du culte, nous disons une prière d'intercession destinée à différentes personnes. Moi, j'ai prié pour les animaux en ajoutant cette phrase : « Pour mes frères les animaux victimes trop souvent de la stupidité et de la cruauté des hommes » et je me suis aperçu qu'il y avait un chien dans l'assistance, un gros chien blanc auquel je me suis adressé directement. Oui, il faudrait ouvrir les lieux de culte aux animaux et penser à eux dans les prières, ils font partie de la vie. Ils sont nos frères et non pas des inférieurs, je n'aime pas le mot inférieur, mais différents.

Animaux (et religion)

Du côté des autorités ecclésiastiques, c'est au point mort. D'ailleurs, on comprend un peu que les théologiens officiels se méfient de façon systématique de tout ce qui peut paraître diminuer la largeur du fossé qu'ils ont établi entre l'homme, « roi de la Création », et ses compagnons, les autres créatures. C'est regrettable. À l'exception des bouddhistes, la hiérarchie dans les différentes religions et les Églises dans les diverses confessions chrétiennes ne bougent toujours pas. Il y a eu quand même l'Assemblée préconciliaire de Séoul qui avait un triple objectif, justice et paix (cela devient quand même normal, même dans les Églises!...) mais aussi : sauvegarde de la Création. Ce dernier point était très nouveau. Je ne sais pas si les résultats ont été satisfaisants, mais il y a quand même là une ouverture du côté des Églises, et on peut espérer que les penseurs chrétiens, ou les chrétiens tout court, finiront par se rendre compte qu'il est scandaleux d'agir avec tant de cruauté ou de nocivité à l'égard d'êtres vivants, qui sont comme nous des êtres sensibles et souffrants, mais sont et continuent à être extrêmement maltraités…

Arbres

Où sont les forêts d'antan ? La Grèce, jadis boisée, n'est plus qu'un rocher nu. En Afrique du Nord, la verdure a reculé devant le sable. La France comptait un arbre pour 125 habitants du temps de Napoléon. Aujourd'hui, un pour 5 000. On abat des platanes le long des routes. On sacrifie au périphérique de Paris plusieurs milliers d'arbres dans le bois de Boulogne.

Armée

Le ministère de la Guerre, semblant désireux de donner à l'armée française une philosophie améliorée, modèle 72, rassemble autour de ce noble projet un escadron d'apologètes, de Pères de l'Église, d'exégètes, de penseurs et de propagandistes. Une « Fondation pour les études de défense nationale » donnera naissance, nous affirme-t-on, « à des publications de valeur, qui seront, dans le domaine de la pensée militaire, un élément supplémentaire d'influence en même temps qu'une source capitale de réflexion » : qu'on se le dise, et « Tendons nos rouges tabliers, Il pleut des vérités premières. » Un *Livre blanc sur la défense nationale* destiné à inciter les Français « à réfléchir et à adhérer (sic) » est envoyé gratuitement « sur simple demande ».

Armes (vente d')

Lettre de Théodore Monod au président de la République française (Georges Pompidou), 20 juin 1970.

Monsieur le Président,

Une série de révélations récentes, dont la moindre n'est pas constituée par les déclarations de dom Helder Camara, a de nouveau attiré l'attention sur la situation sociale et les tortures policières au Brésil.

Simultanément, il se confirmait que le gouvernement français avait autorisé la vente à ce pays de seize Mirages III.

Je n'ignore certes pas que « la position gouvernementale est d'encourager l'exportation de matériel militaire » (*Notes et informations militaires*, avril 1969) et, semble-t-il, sans trop se soucier de la nature du régime du pays-client, peut-être même, au besoin, au mépris des décisions de l'ONU.

Il paraît cependant difficile d'accepter que l'argent n'ait pas d'odeur et tout à fait impossible pour un nombre enfin grandissant de chrétiens d'admettre que, pour le simple profit financier d'une firme et de ses actionnaires, la course aux armements soit en fait sciemment organisée et encouragée à travers le monde, avec les risques trop évidents de voir ce matériel meurtrier tôt ou tard utilisé pour détruire des êtres humains.

Les arguments de marchands de mort sont bien connus. C'est d'abord le : « Tout le monde le fait, pourquoi pas moi ? », comme si le crime de Pierre autorisait *ipso facto* Paul à se prévaloir d'un funeste exemple pour commettre exactement la même infraction à la loi morale. C'est ensuite le subtil distinguo entre armes destinées à deux catégories différentes de guerres : « extérieure » et « intérieure » : en fait, la plupart des armes terrestres sont à cet égard ambivalentes et, dans le cas de l'Afrique du Sud, il est sur place de notoriété publique que la France fournit le pays en armements parfaitement aptes à la répression des mouvements de libération, hélicoptères par exemple comme je l'ai constaté moi-même *de visu*.

Mais, pour en rester au Brésil, je me permets, Monsieur le Président, de formuler le vœu que le récent contrat de fournitures d'armes au Brésil se voit reconsidéré, au nom d'une exigence supérieure – celle de la paix et de la justice, qui pour beaucoup ne sont pas encore de vains mots – aux profits matériels escomptés, pour un très petit nombre, d'ailleurs, de nos compatriotes.

Un geste de cette nature aurait à n'en pas douter, par son courage, sa franchise, son caractère insolite et, à vrai dire, prophétique, un immense retentissement à travers le monde et constituerait peut-être, quand la France est devenue le quatrième pays « armurier », l'acte réellement neuf capable de renverser la vapeur et de réorienter, mais cette fois pour la vie et pour la paix, notre politique commerciale extérieure.

C'est dans cet espoir que je vous prie d'agréer, Monsieur le Président, l'expression de ma haute considération.

Ascèse

Lorsque j'étais plus jeune, j'ai parfois regretté que l'expérience monastique n'existe pas, en tant que telle, dans le protestantisme. Sans doute le désert a-t-il représenté pour moi, à certaines heures de ma vie, une forme de cloître. Une « clôture », il est vrai temporaire, rythmée par mes expéditions scientifiques. La vie au désert offre une grande simplification ;

elle nous libère des futilités. Le désert est aussi le lieu radical – les premiers ermites ne s'y sont pas trompés – où l'homme se confronte avec lui-même. La vie courante, la carrière professionnelle, nous détournent souvent du dialogue intérieur. Dans l'océan de pierre et de sable du désert, la navigation au long cours, où il faut parfois faire plus de 500 km sans rencontrer de point d'eau, impose une certaine ascèse. Celle-ci favorise, sans nul doute, les « ruminations » spirituelles. De là à dire qu'on rencontre plus facilement Dieu au désert, il y a un pas que je ne suis pas sûr de pouvoir franchir… C'est dur, vous savez, le désert. La nature y passe souvent avant l'homme.

Au-delà

Je n'affirme jamais rien que je ne sache. Je n'ai pas peur de passer à l'autre rive, mais j'espère… J'en ai le droit. Et j'ai besoin d'un temps où il sera possible de demander pardon à ceux que l'on a blessés. Je ne sais pas s'il existe un autre monde. Mais j'espère.

Avenir (de l'Afrique noire)

Il est arrivé que des voyageurs, installés en tête d'un train et parvenus en gare, aient ignoré le grave accident survenu à la queue du convoi. On doit souhaiter qu'il n'en soit pas de même des protestants de la métropole en ce qui concerne les bouleversements d'ordres variés qui se préparent, ou s'effectuent, en Afrique française : la méthode est à coup sûr déplorable d'attendre, pour se soucier de l'état de la charpente, que le grenier soit en feu.

Ce n'est pas la nuit de l'incendie, dans une catastrophe où parfois la lance du pompier provoquera plus de dégâts que la flamme, qu'il sera possible de songer à tête reposée, et aux causes du sinistre, et aux plans de la maison à reconstruire. Malheureusement, trop souvent, les responsables, les éphémères responsables, faute peut-être de savoir penser, ou d'en avoir le loisir, faute aussi du courage nécessaire pour tenir compte des avis et des avertissements qui leur parviennent, préfèrent attendre. Attendre que « cela s'arrange ». Avec l'espoir insensé qu'avec un discours de plus, une promesse de plus – et bien entendu un renforcement substantiel des « forces de l'ordre » – tout « se tassera ». Et, comme d'habitude, c'est seulement avec les premiers coups de fusil du désespoir et de la révolte qu'ils consentiront à avouer la gravité de la situation et l'urgence d'y porter remède.

AVENTURIER

Il n'y a rien de littéraire, de mystique ou de fantaisiste dans ma démarche... Je déteste le mot aventurier. Je ne suis pas un aventurier, je suis un chercheur. Les trajets que je fais à pied ou à dos de chameau accompagné de bédouins ont des résultats, plus ou moins importants, mais ils ont des résultats. C'est le hasard qui m'a envoyé dans le désert, il aurait aussi bien pu m'expédier dans la taïga ou dans l'inlandsis. C'est parce que je me suis retrouvé un jour jeune assistant chargé d'étudier la pêche et les poissons à Nouadhibou, en Mauritanie.

B

Barbarie

L'homme est encore englué dans la barbarie. La bombe atomique est une manifestation de la folie humaine.

Bathyscaphe

L'homme a toujours eu, depuis des temps immémoriaux, l'ambition ou le rêve de pouvoir soit monter vers le ciel, soit descendre vers l'intérieur, l'intérieur de la terre d'abord, et l'intérieur de la mer bien entendu. Ces deux tendances qui se sont manifestées chez l'homme, le rêve du vol naturellement, et le rêve soit de l'exploration des entrailles de la Terre soit de la plongée sous-marine, cela a été un rêve humain pendant un grand nombre de siècles. Il y a eu d'abord des légendes à droite et à gauche chez un certain nombre de civilisations et puis, au cours des siècles, il y a eu un certain nombre de tentatives élémentaires pour permettre la pénétration de l'homme dans l'eau. Restons-en à partir de maintenant à ce qui concerne l'élément liquide. On ne sait pas toujours dans les récits anciens si ces récits concernent les essais qui ont réellement été effectués ou si ce sont simplement des rêves. Par exemple dans un livre du XIIIe siècle, de Benoît de Maillet, qui était un ancien consul de France en Égypte. Il avait inventé une lanterne aquatique, qui en fait était le premier bathyscaphe, car le principe était le même que celui du bathyscaphe : cet objet était entraîné vers le fond par son poids, on se débarrassait du poids, et on remontait. La matière sustentatrice était pour lui du liège, bien sûr c'était l'idée qui pouvait venir. On ne sait pas si cet appareil a jamais été construit (il est décrit en détail dans un livre très connu, *Telliamed* *), et encore moins essayé. Mais enfin l'idée existait, il y avait déjà cette nostalgie de la plongée. À partir du XIXe siècle, il y a eu des réalisations beaucoup plus directes avec l'invention des différents types de scaphandriers, etc. On a cherché, au fur et à mesure, à perfectionner ces appareils et ces appareillages, puis à aller de plus en plus loin, de plus en plus bas par conséquent, en ce qui concerne la plongée proprement dite. Et puis on est arrivé à cette invention du professeur Piccard, qui n'a pas été du premier coup une réalisation très efficace, mais dont le principe était en réalité génial, parce que l'idée d'utiliser comme matière sustentatrice faisant remonter l'appareil de l'essence contenue dans un réservoir qui n'avait pas à être protégé de la pression – ce réservoir était même ouvert dans sa partie inférieure –, c'était une idée tout à fait extraordinaire !

À cette époque-là, je dirigeais un institut de recherche qui se trouvait à Dakar, l'Institut français d'Afrique noire. C'est à ce titre que j'ai été associé aux premiers essais d'un

* Note de l'éditeur : *Telliamed* (anagramme du nom de Maillet) ou *Entretiens d'un philosophe indien avec un missionnaire français sur la diminution de la mer, la formation de la Terre, l'origine de l'homme* (1748).

nouvel appareil que Piccard avait appelé le bathyscaphe, essais qui devaient se faire à partir de Dakar, en 1948 je crois. Ultérieurement, quand le bathyscaphe a été remis à la Marine nationale française pour être utilisé, j'ai été associé aux premiers essais, je dirais, en grandeur réelle puisque les premiers essais avaient été relativement sommaires… Mais enfin, on avait quand même constaté un certain nombre de choses et à partir de l'enseignement tiré des premiers essais, qui ont eu lieu aux îles du Cap-Vert au large de Dakar, on a pu se préparer à une amélioration considérable du système ; par conséquent, c'est à partir de 1954 qu'a commencé l'emploi réel des bathyscaphes. [...] Il y en a eu deux à ce moment-là, en compétition l'un avec l'autre, le *FNRS3* et le *Trieste*, qui ont fini par aller aussi loin qu'on pouvait aller… La plus grande profondeur dans les mers est de l'ordre de dix mille mètres, voilà, ils ont été à dix mille mètres. [...] Ça marche comme un ascenseur, ça monte et ça descend, c'est déjà beaucoup, ça n'est jamais resté au fond jusqu'à présent ; maintenant [...], on ne s'en sert plus, on a bien d'autres outils pour explorer le monde sous-marin.

La Marine nationale devait remorquer le bathyscaphe proprement dit au large, grâce à un remorqueur. Il fallait ensuite l'établir, le placer quelque part. Du remorqueur, il fallait, au moyen d'un canot pneumatique, rejoindre le bathyscaphe dont on ne voyait que la coupole, puis grimper sur le bathyscaphe, dans les vagues. On était un peu mouillés, mais ce n'était pas grave. De là commençaient les opérations d'accès à la sphère habitable. La sphère habitable était à la base du bathyscaphe, pas du tout dans le haut ; elle était très lourde, très épaisse, très bien faite, elle a toujours donné satisfaction, mais c'était un peu compliqué, il fallait faire ça en plein vent, en pleine mer, dans les brisants [...]. Puis on accédait à un puits. On descendait par un puits du sommet à la partie habitable, enfin la sphère habitable. [...] Psychologiquement, c'est assez impressionnant parce qu'on entre par un trou qui n'est pas très large, il faut arriver à passer, à entrer dedans. Ensuite, ce trou est fermé par une plaque qui l'obture et qui est sérieusement boulonnée de l'extérieur. Le bathyscaphe, c'est deux choses : c'est à la fois cette quantité d'essence, il y a 40 000 litres là-dedans, et la sphère dans laquelle se trouvent les deux observateurs, le pilote, responsable de la conduite de l'opération, et le passager qui observe au hublot ce qui se passe à l'extérieur. [...] Ce n'est pas une situation qui pourrait beaucoup satisfaire les gens atteints de claustrophobie, parce qu'une fois qu'on est dans la boule bien fermée, on est vraiment séparé du reste du genre humain. Évidemment, c'étaient les débuts, par conséquent on avait certaines appréhensions, on savait que ça fonctionnait, que ça devait fonctionner, sur le papier, mais on se demandait toujours ce qui arriverait si, par exemple, le lest refusait de se détacher, si l'appareil devait rester cloué sur le fond… D'ailleurs, nous avions pensé les uns et les autres à ce qui se passerait dans ce cas-là et à ce qu'il faudrait faire pour abréger la durée de notre fin d'existence terrestre, ou marine si l'on peut dire.

Le bathyscaphe était entraîné vers le fond par de la grenaille de fer, et le principe était de larguer, d'abandonner cette grenaille de fer sur le fond en coupant un électroaimant. En coupant le courant, la grenaille restait au fond de la mer et automatiquement, le bathyscaphe commençait à remonter vers la surface. C'était très lent d'ailleurs, ces opérations duraient des heures, on avait le temps de regarder par le hublot, qui n'était pas très grand mais enfin, on pouvait quand même voir des choses.

Bestial

J'invite ici tous mes amis, qui sont aussi ceux des animaux, à rayer définitivement de leur vocabulaire l'adjectif « bestial » : un crime affreux sera qualifié par la presse, peut-être même en gros caractères, de « crime bestial » ; or il s'agit en réalité d'un crime spécifiquement humain et totalement étranger au monde animal.

De quel droit continue-t-on en effet à calomnier sans raison un monde animal qui, même dépourvu de cette conscience morale, censée représenter notre glorieux apanage, aurait parfois de précieux enseignements à nous donner ?

Bible

On n'en est pas à quelques centaines de grammes près, ce n'est pas toujours une Bible complète que j'emporte, c'est très souvent un Nouveau Testament avec les Psaumes, parce que plus petit, plus léger, plus facile à transporter. J'ai l'habitude de lire la Bible tous les jours, comme beaucoup de mes coreligionnaires, et je ne vois pas pourquoi je ne continuerais pas dans le désert, comme je le fais ailleurs. Enfin comme je le faisais, parce que depuis que je suis aux trois quarts aveugle, je ne peux plus lire. [...]

La Bible n'est pas un livre : c'est une bibliothèque, et tout n'est pas d'égale inspiration religieuse à l'intérieur de cette vaste bibliothèque. [...]

On peut dire que dans la Bible est la parole de Dieu, parce que l'inspiration de l'Esprit se manifeste dans bien des livres de l'Écriture. Mais je ne pense pas que le texte même soit tombé du ciel, tout fait, comme le Coran, et que chaque virgule soit à elle seule un élément sacré. Je sais que certains pensent que l'inspiration littérale existe et que les versets de la Bible, quels qu'ils soient, sont, à certains égards, comparables au point de vue de leur autorité morale. Mais cela semble difficile à admettre si l'on compare le « Lévitique » ou les « juges » aux épîtres de Jean, par exemple. Ce sont deux mondes différents. [...]

Tout esprit qui veut avoir un contact avec la Bible de façon précise et efficace doit opérer un certain nombre de distinctions entre les parties de cette bibliothèque. Il doit également s'informer autant que possible de l'histoire de cette bibliothèque et replacer les textes dans une perspective historique. Ces textes ont été écrits à des époques différentes, dans des milieux parfois différents. Pour les comprendre utilement et en tirer la partie religieuse qui nous intéresse, il faut évidemment replacer ces différents textes dans leur milieu d'origine, c'est-à-dire en un temps où les auteurs de ces textes partageaient les connaissances de leur temps. Cela est manifestement évident et explique que les auteurs bibliques n'aient pas pu rédiger de manuels de paléontologie ou de géologie.

BILAN

Naître dans une famille comme la mienne, être le fils de deux parents de grande culture, élevé de la façon dont j'ai été élevé, j'en suis très reconnaissant. C'est une chance incroyable. Cela aurait pu être différent. Ai-je fait bon usage de ce que j'ai appris ? Je n'en suis pas certain. J'ai peut-être essayé. Mais est-ce que j'ai toujours réussi ? Ce n'est pas sûr. Le bilan n'est pas facile. Évidemment, ce n'est pas à nous de le faire, mais le bilan n'est pas facile à établir. Je n'ai probablement pas fait grand mal… et encore, sait-on jamais ? Connaît-on vraiment les torts qu'on a pu avoir vis-à-vis d'autres êtres humains, soit par des actes, soit par des paroles, soit par des silences ? On peut faire du mal par des silences. Et c'est d'ailleurs – je vous dois cette confession – une des raisons pour lesquelles j'espère qu'il y a quelque chose au-delà de la mort… Je ne sais pas, je n'ai pas l'habitude d'affirmer ce que je ne sais pas. Je ne sais pas, mais j'ai le droit d'espérer. Si j'espère qu'il y a quelque chose dans cette direction-là, c'est l'espoir qu'il y aura peut-être une occasion de réparer, un jour, d'une façon ou d'une autre, que j'ignore, le mal que j'ai pu faire, les erreurs que j'ai pu commettre pendant ma vie, soit par des actes, soit par des paroles, et j'ajoute, volontairement, soit par des silences.

BIOGÉNÉTIQUE

L'astronome, le géologue, le botaniste, cherchent avec raison à aller toujours plus loin dans la connaissance. Mais il y a des cas où il faut accepter de se limiter. Pour ma part, je renoncerais à des connaissances qui seraient acquises au prix de violences ou de souffrances infligées non seulement à l'homme mais à la nature tout entière. Dans le domaine de la biogénétique en particulier, il faudrait avant toute recherche établir un consensus de raison : que l'on interdise, par exemple, la fabrication d'« êtres à usage précis » (un conditionnement qui intéresse drôlement les militaires !)… et surtout, maudit soit le profit, quand il permet le trafic d'organes ou mêmes de jeunes humains.

Cette attitude morale, qui nous semble évidente, n'est pourtant pas aussi universelle qu'on le croit. Lisez le Nouveau Testament : vous n'y trouverez rien contre l'esclavage, contre la torture, contre la guerre, contre la cruauté envers les animaux. Et lisez cette délicieuse lettre de saint Paul à Philémon : c'est une acceptation pure et simple de l'esclavage…

Boire et manger dans le désert

Contrairement à ce que les gens pensent, nous ne mangeons pas de couscous. Non, le couscous, c'est du luxe : il faut beaucoup trop de temps pour rouler les boulettes et le cuire dans un récipient percé. La nourriture quotidienne, c'est la « kessera », galette de blé moulu, cuite dans le sable. La matière première pour la kessera comme pour le couscous est du blé écrasé entre deux pierres, procédé employé depuis les temps préhistoriques. La kessera est prête une demi-heure après l'arrivée à l'étape. On pétrit la pâte pendant qu'on allume le feu. On fait un trou dans le sable du foyer, mélangé de cendre et de braise. On y plonge la pâte. Un moment après, c'est cuit.

Il y a aussi le riz : bouillie grise, sale, parfois sans sel ni graisse, relevée de grains de sable, de poils de bouc, de brins de paille.

On mange à l'indigène, on le mange avec les doigts (la cuiller est un luxe). Après le repas, se lécher les doigts et surtout les creux qui les séparent, puis se les essuyer sur la plante des pieds, merveilleusement propre, polie, fourbie, récurée par le sable. On complète le menu par des dattes sèches, des abricots, des cacahuètes.

Au chapitre des boissons, on trouve le lait, le thé vert et l'eau, cette dernière, plus ou moins sale, avec des goûts variés, dont celui de la « guerba », l'outre en peau de bouc, fait le fond.

Bonheur

On parle toujours du Produit national brut. Moi, je voudrais que l'on essaie de calculer le Bonheur national brut.

Botanique (dans la Bible)

Si la Bible n'est pas, et ne prétend nullement être, un traité de biologie, on peut cependant y trouver sans peine de nombreuses notes d'histoire naturelle, tout un herbier, tout un bestiaire, par exemple, et auxquels les érudits ont consacré, au cours des siècles, une énorme littérature, en s'ingéniant en particulier à identifier les termes hébreux ou grecs désignant animaux et plantes. Un récent ouvrage énumère, par exemple, 181 espèces botaniques mentionnées par la Bible. Faute de renseignements suffisants, ces identifications sont très souvent aussi douteuses que les traductions sont fantaisistes : la « pomme » du jardin d'Éden n'est pas une pomme, pas plus que celle du Cantique II, 3 qui serait un abricot, l'hypose de Jean XIX serait un sorgho et celle de I Rois, IV : 33 une marjolaine, les « lis des champs » sont des anémones, la « rose » d'Esaïe XXXV, ce serait un narcisse, mais celle de l'Ecclésiaste XXXIX, 13, un laurier-rose, etc. On n'empêchera pas la curiosité du botaniste de chercher à savoir, et de s'irriter de n'y pouvoir parvenir. Mais ce sont des détails sans importance au point de vue religieux. La botanique et la zoologie de la Bible sont celles de l'époque, à la fois locales et datées, ce dont nul ne songerait à s'étonner. Leurs incertitudes, voire leurs erreurs, ne nous troublent pas et si le daman et le lièvre du Lévitique ruminent, cela ne suffit pas à obliger les vrais à les imiter.

C

Céphalopodes

À la question de Jacques Chancel : « Quelle espèce animale prendrait la relève si l'homme disparaissait ? », Théodore Monod propose une hypothèse.

Il est possible que l'homme disparaisse s'il continue à faire des sottises, mais il faut déjà, dès maintenant, se préoccuper d'un relais possible. Des relais, il y en a déjà eu beaucoup dans l'histoire de la vie. Les dinosauriens étaient presque aussi orgueilleux que nous, ce n'est pas peu dire ! Ils se croyaient les rois de la Création [...], puis ils ont dérouillé jusqu'au dernier. On ne sait pas très bien pourquoi encore ; il y a toutes sortes d'hypothèses, mais on ne sait pas très bien pourquoi. [...] Il y a des gens qui pensent aux oiseaux, d'autres pensent aux insectes. Les insectes sont de merveilleuses mécaniques, bien sûr, mais d'abord, ils ont des tailles relativement limitées, et d'autre part, pour remplacer les primates, il faudrait que les insectes soient capables d'innovation, je ne sais pas si c'est encore le cas… Non, mon candidat, puisque vous me posez cette question insidieuse, mon candidat, ce sont les céphalopodes. C'est-à-dire les poulpes, les pieuvres, les seiches et les calamars. [...] C'est un groupe qui est extrêmement perfectionné au point de vue anatomique : ils ont des yeux – j'allais dire aussi bons que les miens – aussi bons que ceux des primates normaux. Ils ont presque un crâne, cartilagineux, mais c'est quand même un crâne. Ils ont un psychisme très développé, qui a été étudié : les pieuvres ont deux mémoires, je ne sais pas si c'est un avantage sur la mienne qui est unique, ce sont peut-être deux mémoires spécialisées dans la nature des stimuli qui les concernent. Et puis, ils peuvent atteindre des tailles énormes. Il y a des calamars de vingt mètres de long, dont nous n'avons que des débris ; on ne connaît que des débris de ces animaux, et quelquefois les empreintes de leurs ventouses sur la peau des cachalots, parce qu'il se trouve que les cachalots se nourrissent volontiers de céphalopodes ; il y a des bagarres sur la pente du plateau continental, et on a les empreintes de ces ventouses sur la peau des cachalots. Je ne dirais pas que c'est grand comme des assiettes, mais comme des soucoupes de tasse à thé, c'est déjà pas mal quand on pense qu'il peut y en avoir des centaines, des centaines côte à côte. Ces céphalopodes sont aquatiques, marins aquatiques (il n'y en a pas dans l'eau douce). Ils respirent l'oxygène sous sa forme dissoute par l'intermédiaire de branchies, naturellement. Donc, pour qu'ils puissent débarquer à l'air libre, envahir les continents, et nous remplacer, il faudrait d'abord qu'ils redécouvrent le poumon, ce qui a été déjà fait plusieurs fois dans l'histoire de la vie. Et il faudrait aussi qu'ils découvrent la possibilité de protéger leurs œufs contre la dessiccation, ce qui est le cas des reptiles. Les reptiles sont totalement affranchis de l'eau, c'est pour cela qu'il y en a tellement dans les déserts. Il y a tellement de lézards, alors que ces pauvres batraciens, qu'on appelle aussi des amphibies, qui veut dire « qui vivent à la fois d'un côté et de l'autre », ces pauvres grenouilles et ces pauvres crapauds sont forcés d'aller pondre dans l'eau, puisque leurs larves sont aquatiques.

CHAMEAU

Les chameaux sont des êtres de plus en plus incompréhensibles : ils ont pratiquement refusé de boire à l'arrivée à Araouan, après 22 jours sans eau (ou 28 si on considère comme virtuel l'abreuvoir manqué de Ouadane). Il va falloir leur verser de force dans la gorge 13 bouilloires d'environ deux litres à chacun…

Le chameau, si j'ose dire, c'est un peu le contraire de l'homme, à certains égards. L'homme peut vivre sans manger, mais il ne peut pas vivre sans boire. Le chameau peut vivre sans boire, mais pas sans manger. Alors il faut lui trouver quelque chose. Et quand on trouve ne fût-ce qu'une tache d'une vingtaine de touffes d'une plante qui constitue un pâturage à chameau, on s'arrête, même s'il est dix heures du matin ! On s'arrête, on mange la touffe, parce qu'on ne sait pas s'il y aura quelque chose le soir, ni même s'il y aura quelque chose le lendemain, ni même le surlendemain. Or le chameau – oui, il peut tenir un, deux, trois jours à la rigueur – mais il ne faut pas trop insister avec l'inanition chez les chameaux. Tandis que pour l'eau, il n'y a pratiquement pas de limites.

CHANGER

L'homme n'a pas tous les droits sur la nature. Nous appartenons malheureusement à une civilisation qui a été fortement marquée par la pensée judéo-chrétienne, envisageant les rapports de l'homme et de la nature comme ceux de maître à esclave. Cela devait d'abord nous conduire à Descartes et à la théorie de l'animal-machine, puis nous conduit aujourd'hui à penser qu'on peut tout se permettre sans égard aucun pour le respect de la vie.

Je pense précisément que si nous voulons échapper au suicide collectif dans lequel nous sommes engagés par inconséquence, il est temps d'opérer une mutation radicale. D'un système de pensée qui a la raison – et le profit – pour pivot, il nous faut passer à un système dont le centre de gravité serait la vie. [...]

Que notre foi et notre action parviennent ou ne parviennent pas au succès, cela ne change rien à l'attitude que nous devons adopter. Il n'est pas nécessaire d'espérer pour entreprendre, disait le Taciturne. Je pense plutôt qu'il faut espérer et agir en conséquence, quels que soient les vents contraires.

Chasse

La chasse est une pratique très ancienne. Elle se justifiait à l'époque où, par nécessité, l'homme était avant tout chasseur, prédateur, car il devait capturer des animaux pour se nourrir. Ce fut vrai tout au long de la préhistoire. Mais la préhistoire est finie. Actuellement, dans le monde, ne subsistent que quelques rares populations réellement obligées de chasser, par exemple, les Esquimaux, les Pygmées et les Bochimans du Kalahari. Pour ces populations, il n'y a pas de choix, c'est une question de survie. Par contre, en ce qui concerne la chasse en Europe, et plus particulièrement en France, il faut admettre que c'est une pratique parfaitement anachronique. On ne chasse plus pour se nourrir ou pour se défendre, on chasse pour s'amuser ! Et là, intervient une question de morale : il est inacceptable de faire souffrir des êtres vivants par simple plaisir. Si encore ces animaux étaient tués de manière instantanée, mais il y a ceux qui sont seulement blessés, aveuglés par des décharges de plombs, qui ont perdu une aile ou une patte, et vont agoniser misérablement des jours, des nuits durant.

Nos lointains ancêtres ne pouvaient se passer de chasser, soit. Les chasseurs se réclament de la tradition, mais ce recours à l'ancienneté justifie-t-il les pratiques actuelles ? Cela me paraît philosophiquement intenable. Ce n'est pas parce qu'une chose est ancienne qu'elle est bonne, sinon, faisons la guerre, elle est ancienne ! Pratiquons la torture, elle est ancienne, l'esclavage aussi ! Il faut que l'homme se débarrasse de ces horreurs s'il veut « s'hominiser ». Mais il n'en a pas l'air : il continue à aimer la guerre, la violence et la cruauté.

Des lois existent. Pourquoi les chasseurs peuvent-ils les bafouer avec une telle désinvolture ?

Nous savons bien que tous les partis politiques sont favorables aux chasseurs parce qu'ils représentent un puissant électorat. De ce fait, ils jouissent d'une tolérance tacite. C'est interdit mais on ferme les yeux, que ce soit sur la chasse de nuit, ou sur le massacre de la tourterelle au printemps. L'État semble impuissant, et ce n'est même pas de la « mauvaise volonté », il est incapable et désarmé.

Autre situation invraisemblable : la loi Verdeille, qui autorise les chasseurs à poursuivre le gibier sur les terrains d'autrui. Voilà une anomalie de taille dans un pays où la propriété privée est élevée au rang de religion.

La France est vraiment la lanterne rouge de l'Europe, et cette dernière est pour nous l'espoir. Les pays plus civilisés que nous finiront par en avoir assez de ce qui se passe ici : chasse à courre, corrida, etc. L'Europe imposera un changement de mentalité.

Quoique leur nombre diminue, la France compte encore 1 487 000 chasseurs (contre 1 575 759 en 1995-1996). Y aura-t-il longtemps encore assez de gibier pour tous ces fusils ?

Condamnable en bloc, la chasse en France présente aussi un aspect particulièrement scandaleux : l'élevage du gibier de tir. Ces malheureux animaux, abrutis par la captivité, sont lâchés devant les chasseurs. De braves faisans, qui ont encore du maïs dans leur jabot, courent dans les pieds des chasseurs, qui n'ont plus qu'à les tirer. Il serait aussi intéressant de faire des cartons à l'intérieur d'une basse-cour. Quel magnifique tableau de chasse !

Arriver à supprimer l'élevage du gibier de tir constituerait un très grand pas vers la disparition de la chasse, puisque les chasseurs ne disposeraient plus de tant de proies faciles. Ils se prétendent seuls vrais protecteurs des animaux sauvages. Bien sûr, ils les protègent, mais pas pour les laisser vivre paisiblement : pour mieux les flinguer.

Je souhaiterais que certains jours de congé soient interdits à la chasse, de manière à ce qu'on puisse se promener en forêt sans craindre un coup de fusil. Il faudrait aussi que l'État prenne ses responsabilités. Par exemple, les suites judiciaires d'un accident de chasse. Il n'y a ni coupable ni délit. C'est la faute à la fatalité. C'est scandaleux. Je demande aussi aux chasseurs français de pratiquer une chasse plus limitée. Dans notre pays, on compte 90 espèces chassables. En Belgique 18, en Grande-Bretagne 12 et en Hollande 6. Voilà un pays civilisé ! Mais les chasseurs français n'accepteront jamais.

Chasse à courre

Les Allemands ont supprimé la chasse à courre en 1934. Ils ont inventé une nouvelle chasse à courre sans victime, c'est admirable. Ils continuent à se déguiser en diables rouges, ils montent sur leurs canassons et courent derrière des chiens, mais les chiens ne courent pas derrière une victime. Pour les faire courir, on traîne, le matin, un sac rempli de quelque chose qui les excite. Je crois que c'est du poisson pourri, mais peu importe. Les chiens courent, les messieurs et dames courent derrière sur les canassons, et chacun passe une joyeuse journée en forêt. C'est ce qu'il faut faire en France. Je ne suis pas contre la chasse à courre en tant que telle, mais qu'au moins il n'y ait pas de victimes, qu'il n'y ait pas de cerf devant les veneurs.

Choix

Franchement, je m'interroge encore. Je ne sais pas si j'ai eu raison d'abandonner la vocation pastorale pour basculer dans les sciences naturelles. Peut-être n'aurais-je pas fait un très bon pasteur, mais j'aurais fait sans doute un peu de bien autour de moi. Je ne sais pas. De toute façon, les choses importantes de notre vie se décident à notre insu… Bien souvent, dans l'existence, vous découvrez que vous avez fait des choix fondamentaux… après les avoir faits. Ce n'est qu'au-delà de la bifurcation que vous découvrez que vous étiez à la croisée des chemins.

Est-on véritablement acteur de notre propre vie ? Je me le demande. Lorsque nous choisissons un conjoint, une profession, nous ne sommes jamais totalement conscients des gestes que nous posons. Ce n'est qu'après que nous comprenons un peu nos actes, qui sont aussi le fruit de quantité d'influences dont nous ignorons l'action souterraine. Si notre liberté existe, elle n'est jamais totale. Mais peu importe : « Quand le vent se lève, il faut tenter de vivre... », dit le poète.

Christianisme libéral

La définition du christianisme libéral prête à bien des commentaires. Tel que nous le connaissons, il est relativement peu de chose dans notre monde occidental, mais dans tous les grands pays d'Europe ou d'Amérique du Nord, il y a des groupes qui se réclament de cette tradition sous des formes différentes, nous pensons aux Églises unitariennes, en Amérique, en Angleterre, même en Pologne ; la petite Église du temps de Socius (l'oncle et le neveu) a disparu en Pologne, mais elle est encore vivante en Transylvanie.

Même si ces groupes sont de peu d'importance numérique, ils existent un peu partout.

En France nous avons une toute petite Association unitarienne.

Citoyen du monde

Pourquoi j'ai été l'un des premiers en France à m'inscrire sur le registre des citoyens du monde ? Bien entendu, pour joindre ma voix à toutes celles déjà venues proclamer que le seul espoir de l'humanité était d'accepter, après être sorti de l'âge des cavernes, de sortir enfin de celui des casernes. Il faut donc en finir avec l'amour de la guerre et des armes en adoptant l'idéal de l'espérance messianique, formulé par le prophète Isaïe, celui de la montagne sainte, « où l'on ne fera ni torts ni dommages, où l'on n'apprendra plus la guerre, où les armes seront transformées en instruments aratoires ».

Le salut de l'espèce humaine est à ce prix. Saura-t-elle le découvrir à temps ?

Civilisation

Des civilisations sont en présence et, nécessairement, en conflit. Mais il n'est plus question de viser à l'abolition pure et simple de l'une ou l'autre forme de vie qui ont, chacune, leurs ombres et leurs lumières. Le temps du mépris et de l'orgueil est passé.

Climat

Des pêcheurs à la ligne au Sahara ?

La géologie saharienne est à la fois très facile et très difficile. C'est un livre ouvert : on trouve tout sur le sol ; pas de forêts, de maisons, ni de cultures pour gêner l'observation. Mais pour tourner chaque page, il faut parcourir des distances énormes, par centaines de kilomètres.

[...]

Le climat du Sahara a été autrefois beaucoup moins aride que maintenant, et il y a eu de grands lacs, qui ressemblaient au Tchad actuel.

Sur les bords vivaient au temps de l'âge de pierre des populations de paysans et de pêcheurs. Les preuves de ce changement de climat abondent.

Connaissance

Croyez-vous qu'on connaît tout, qu'il n'est plus nécessaire de recueillir des collections d'histoire naturelle, que la faune de la planète n'a plus de mystères ? Pour les gros mammifères c'est terminé, pour les oiseaux, c'est presque terminé, mais pour les animaux de très petite taille, vous n'imaginez pas ce qu'on décrit tous les ans… des milliers d'espèces nouvelles. L'inventaire de la planète est très loin d'être achevé… Il y en a pour des siècles. [...]

Ma passion pour le désert est une passion pour l'acquisition des connaissances sur le fonctionnement des êtres vivants. Il s'agit d'ajouter une pierre à ce que l'on savait il y a un an. Je suis zoologiste de formation, mais j'ai tellement traîné dans des endroits peu fréquentés d'Afrique que j'ai été amené à m'intéresser à la botanique, à la géologie.

Conscience

En 1967, le maréchal de Beauvau, coupable aux yeux du roi d'avoir manifesté une indignation exagérée devant l'injustice faite aux prisonnières de la tour de Constance, est menacé par le ministre de se voir révoquer de ses fonctions de gouverneur du Languedoc. Mais le fonctionnaire était un homme et un homme libre. Aussi sa réponse fut-elle : « Que le Roi était maître de lui ôter le commandement que Sa Majesté avait bien voulu lui confier; mais non de l'empêcher d'en remplir les devoirs selon sa conscience et son honneur. »

Ces mots de « conscience » et « d'honneur » ont-ils bien perdu 193 ans plus tard, et quand d'autres ministres s'emploient à réprimer d'autres révoltes du cœur et de l'esprit, de leur actualité, de leur signification profonde et de leur force ?

Corrida

Par une singulière ironie du sort, le jour même où se tenait à Lisbonne, sous les auspices de la Ligue internationale des droits de l'animal, une journée mondiale contre les corridas, *Le Monde* du 9 octobre 1982 publiait un article de Jean Perrin adjurant le gouvernement de reconnaître enfin la légalité de jeux barbares actuellement « tolérés », et d'ailleurs en parfaite contradiction avec le code pénal (art. 453) : il paraît que les pauvres toreros, apôtres pourtant d'une si noble cause, ne bénéficieraient pas en France des mêmes avantages sociaux que leurs collègues espagnols... L'auteur a indiscutablement bon cœur, mais aura-t-il seulement songé qu'un métier consistant à violer une loi interdisant les « sévices graves » et les « actes de cruauté envers un animal domestique ou apprivoisé ou tenu en captivité » peut difficilement réclamer une reconnaissance officielle ? Et, si le métier de torero se voyait légalisé, pourquoi pas ceux de proxénète ou de faux-monnayeur ?

Faisant écho aux généreuses inquiétudes de M. Perrin, Me Henri Capdeville, président de la Fédération des sociétés taurines de France, allait à son tour réclamer que fût enfin rendue légale la « profession de matador français », car il s'agirait, à l'entendre, d'un « douloureux problème » (*L'Indépendant*, 17 octobre 1982).

Bien sûr, on invoquera la reconnaissance des cultures régionales, voire d'antiques traditions locales, en oubliant d'ailleurs que la corrida espagnole n'a pénétré en France qu'en 1853, à Bayonne et « en l'honneur » de l'impératrice Eugénie.

Mais le midi taurin n'est pas toute la France et ne constitue qu'un secteur dans un pays où une opinion, largement majoritaire dans son hostilité à la corrida, n'hésiterait pas, en cas de besoin, à s'exprimer clairement et, s'il le fallait, en actes autant qu'en paroles.

On voudrait n'y pas croire, n'est-ce pas ? Et j'ai moi-même refusé de l'admettre jusqu'au jour où je devais découvrir, dans la revue *Corrida* de novembre 1981, une étrange interview de Mgr Cadilhac, évêque de Nîmes, où cet évangélique prélat, grand amateur de jeux du cirque sous leur avatar contemporain, la corrida, s'efforce de justifier l'injustifiable et de nous faire accroire qu'un chrétien peut en toute bonne conscience participer en spectateur innocent aux sanglantes boucheries de l'arène.

M. Cadilhac, personne privée, avoue qu'il aime assister au martyre d'une bête livrée à la meute de ses bourreaux : c'est sans doute son droit puisque l'État n'a pas encore eu le courage de débarrasser la France de ces honteuses exhibitions. Mais Mgr Cadilhac est, lui, le représentant officiel d'une Église chrétienne ; disciple de Jésus-Christ, il se réclame donc, en principe, de l'idéal évangélique. Comment parvient-il, à ce titre, à approuver si chaleureusement la torture infligée à un être vivant ? Il n'ira pas jusqu'à nier l'évidente cruauté de la corrida, mais… « un animal reste un animal », n'est-ce pas ? Et si l'homme est bien le « roi de la Création » et a le droit de devenir la « terreur des êtres vivants » (Genèse 9, 2), alors martyriser une bête demeure licite.

Et puis le bon évêque reprend alors à son compte l'argument populaire, ressassé *ad nauseam* par tous ceux qui reprochent leur pitié aux défenseurs des animaux : et les hommes ? Comme s'il s'agissait ou des animaux ou des hommes, alors que le devoir est de secourir les uns et les autres. J'ai d'ailleurs bien peur que trop souvent pour ceux qui tiennent à reprendre une objection aussi éculée, leur sympathie n'aille en réalité ni aux uns ni aux autres…

Peut-on se permettre de recommander à Mgr Cadilhac la lecture du chapitre « La nuit des théologiens » dans l'étonnant ouvrage de Michel Damien, *L'Animal, l'Homme et Dieu* (Éd. du Cerf, 1978) ? Après tout, ne serait-il pas temps, et même grand temps, que la pensée et la pratique chrétiennes découvrent enfin le problème de la souffrance animale et, dans ce domaine, les exigences de la morale évangélique ?

Si l'actuel évêque de Nîmes semble pouvoir sans trop de scrupules satisfaire ses goûts d'aficionado, l'un de ses prédécesseurs, par contre, Mgr Lantier, quand la corrida à l'espagnole s'installait dans la ville, en 1863, avait tenu à dénoncer dans une lettre pastorale (*Bull. SPA,* IX, 1863, pages 271-287) à la fois le sadisme (« on s'enivre de cette torture... ») et son bon complice l'érotisme (allant parfois chez les femmes jusqu'à des « convulsions qui révèlent quelle fumée le sang répandu fait monter à leur tête... »).

Ce double aspect de la corrida a été étudié récemment par le professeur G. Heuse dans son rapport « Ethnopsychologie, pathopédagogie et psychiatrie des corridas » présenté le 8 octobre 1982 à Lisbonne, à la Journée mondiale contre les corridas.

C'est que le cœur du problème reste, avant tout, éthique, n'en déplaise aux thuriféraires attitrés, littérateurs et journalistes, aux impresarios, hommes d'affaires, etc. : qui, s'il n'a pas partie liée, sous une forme ou sous une autre, avec une activité sanctionnée par le code pénal, oserait nier le caractère particulièrement révoltant et psychiquement dangereux de la présence d'enfants à des spectacles sanglants de cruauté et de mort ?

On peut donc formuler les deux axiomes suivants :

1) la *corrida de muerte* implique, à l'évidence, des pratiques cruelles et d'ailleurs illégales, encore que très localement tolérées ;

2) la morale la plus élémentaire, et quel que soit son fondement, interdit absolument de faire souffrir pour « s'amuser » ou pour répondre au goût du sang d'un public éthiquement sous-développé.

Si on refuse ces constatations, on retournera tout droit à l'acte cruel considéré comme un des beaux-arts, et l'on défendra l'indéfendable parce que le spectacle serait, nous dit-on sans rire, « beau », conception de l'esthétique que l'on avouera surprenante, mais thème facile pour une certaine littérature ensoleillée digne des dépliants pour touristes – car irait-on imaginer un Écossais ou un Suédois se faisant gloire de confondre « beauté » et « boucherie » ? – mais, après tout, que pense le taureau de la sanglante notion du « beau » de ses persécuteurs ?

On comprend par conséquent qu'ait été publié à Paris (Maison de l'Unesco), le 18 octobre 1980, à l'occasion du deuxième anniversaire de la proclamation de la Déclaration universelle des droits de l'animal le communiqué suivant : « La tauromachie est l'art scélérat et vénal de torturer et de mettre à mort des animaux selon des règles, dans la légalité et en public. Elle exalte les plus bas instincts de l'homme, elle traumatise les enfants et les adultes sensibles, elle aggrave l'état des névropathes attirés par ce spectacle, elle dénature les rapports entre l'homme et l'animal et elle est une fête de la douleur et de la mort. En cela, la tauromachie constitue un défi majeur à la moralité, à l'éducation, à la science et à la culture. »

Si l'homme doit un jour sortir de son ancestrale barbarie et, découvrant à travers le monde la merveilleuse unité des choses et des êtres, s'ouvrir à un idéal d'active sympathie et de respect pour les autres êtres vivants, il faudra bien que le douloureux problème de nos jeux sanglants se voie repensé et, enfin, résolu. Il ne s'agit pas de « sensiblerie » *(sic)* mais de justice, car, en réalité, comme on l'a judicieusement déclaré : « Les bêtes ne demandent pas qu'on les aime, elles demandent qu'on leur f... la paix...* »

---

* La Ligue française des droits de l'animal (21, rue Jacob, 75006 Paris) a publié en 1982 un rapport de 33 pages sur « La tauromachie en France, analyse et propositions ».

Ce texte de Théodore Monod n'a jamais été publié. Il aurait dû paraître dans Le Figaro *en juillet 1993. À ce sujet, Théodore Monod écrivait dans le « Bulletin » n° 45 de l'Œuvre d'assistance aux bêtes d'abattoir (OABA, mai 1994) :* « Le professeur Georges Heuse, voici quelque temps, m'avait communiqué une publicité tout à fait scandaleuse parue dans *Le Figaro* où, à l'occasion de la fête des pères, on incitait les enfants à acheter des objets de maroquinerie concernant la corrida, pour les offrir à leur père. Georges Heuse était intervenu auprès du *Figaro* et obtenait l'autorisation pour moi de publier un texte, quelques lignes naturellement, sur la corrida. Ceci a été envoyé, il n'a jamais été publié. Mais c'est comme cela en France. »

Voici ce texte inédit :

On assiste depuis un certain temps à un regain d'activité, dans les médias et la presse en particulier, des partisans des sanglantes horreurs des arènes, pourtant condamnées en 1993 par 83 % des Français. C'est ainsi que les enfants pouvaient admirer à la télévision, il y a peu de mois, une gracieuse écuyère vêtue de blanc et s'occupant à planter dans la chair d'un jeune bovidé de longs harpons d'acier : charmant spectacle, n'est-ce pas, et singulièrement éducatif!

Un grand quotidien n'hésitait pas récemment à convier d'innocents enfants à offrir pour la fête des pères toute une panoplie d'objets tauromachiques, fort coûteux d'ailleurs; mais l'on n'ignore pas à quel point la corrida et le monde de l'argent ont toujours fait bon ménage.

Pour un spectateur impartial, arrivé d'une lointaine planète et accordant à l'homme une conscience morale, le spectacle de la corrida ne pourrait provoquer que stupeur et indignation : comment un peuple qui se prétend « civilisé » peut-il tolérer semblable barbarie?

Si une importante majorité de nos concitoyens condamne sans appel un divertissement aussi contraire à la morale la plus élémentaire et bien digne des jeux du cirque de l'Antiquité, les partisans de la cruauté demeurent localement nombreux et bénéficient, hélas, du *scandaleux* silence des Églises, alors qu'il y a un siècle, deux évêques de Nîmes, Mgr Plantier (1866) et Mgr Besson (1885), avaient déjà protesté avec autant de courage que de clairvoyance contre ces mœurs si honteuses.

Le seul espoir pour les innocentes victimes de notre goût du sang et de la violence demeure sans doute l'Europe. Le bon combat se poursuit et, après les Journées européennes anti-corrida de Béziers (16 au 18 avril 1993), vont se tenir l'an prochain des États généraux européens contre la corrida.

Souhaitons en tous les cas que la grande presse sache désormais apporter sans réticence son appui aux exigences de la morale et du respect de la vie.

Autre chose concernant toujours la corrida : la presse. Vous savez tous combien il est difficile de faire publier dans la grande presse, enfin je dis la presse dite grande, mais c'est la même, un article hostile à la corrida. Voici quelques années, j'avais réussi à publier dans *Le Monde* un article sur la corrida. Mais ces braves gens du *Monde*, c'est un peu hypocrite, mais c'est comme cela, avaient tenu à faire suivre mon texte d'un autre, d'un défenseur bien connu de la boucherie des arènes, Monsieur Perrin. [...]

Pour les médias, c'est la même chose : presque tous sont d'accord avec la corrida. L'année dernière, quand même, on a réussi à interrompre un projet d'émission hebdomadaire, grâce à une série de lettres adressées au directeur de la chaîne, mais c'est un détail. Il ne faut pas croire non plus que ces images de spectacle tauromachique à la télévision soient innocentes. Le plus atroce n'est pas montré, volontairement. Et mon ami Christian Zuber, le cinéaste animalier que vous connaissez, m'explique que pour filmer un spectacle taurin une autorisation préalable est exigée. Ce qui se passe avant l'entrée du taureau dans l'arène, ce qu'on appelle d'un mot affreux « le châtiment de l'animal », ne sera jamais filmé.

Les gens qui sont responsables des caméras savent très bien à quel moment il faut interrompre la prise de vues, de façon à ce que le public ne reçoive pas en pleine vue, en plein cœur, en pleine conscience, les spectacles les plus horribles, les plus durs, en particulier ceux qui concernent certaines phases de la mise à mort du pauvre animal.

Je voudrais vous signaler un petit livre que je recommande à votre lecture dû à Alain Perret qui habite à Nice, et intitulé *La Mafia tauromanique* (Éd. le Club des exclus sauvages, Alain Perret, 7 *bis*, rue Beaumont, 06300 Nice). Cet ouvrage est très instructif, par exemple en ce qui concerne le traitement infligé aux taureaux avant la course. On y trouve aussi une liste des partisans français de la corrida. Cette liste est établie sous la responsabilité de l'auteur. Elle comprend des gens comme Michèle Barzach, Georgina Dufoix, Michel Droit, Maurice Druon, Gérard Depardieu, Paul-Émile Victor, Inès de La Fressange, Olivier Guichard, Jean-Luc Godard, Serge July, Alain Juppé, Bernard Kouchner, Claude Lelouch, François Léotard, Jack Lang, Jean Lacouture, Georges Marchais, Frédéric Mitterrand, Christine Ockrent, Vanessa Paradis, Patrick Sébastien, André Santini, Véronique Sanson, Philippe Sollers, Jean-Pierre Soisson, Éric Tabarly, Jacques Weber, Jean-Louis Bianco, Léon Schwartzenberg, Edmonde Charles-Roux, Roger Bambuck, Olivier Dassault, Béatrice Dalle, César, Régine, etc. Que peut-on faire ? Liste intéressante, n'est-ce pas ?

L'Œuvre d'assistance aux bêtes d'abattoirs (OABA) est bien au courant de ces problèmes, naturellement. Elle s'est occupée, par exemple, de la question de la commercialisation de la viande des taureaux : théoriquement, on n'a pas le droit de livrer à la consommation une viande ne provenant pas d'un abattoir.

Il faut donc continuer inlassablement une action facilitée désormais par la récente création de la FLAC (Fédération de liaison anti-corridas), Docteur Claude Fajeau, 2, rue du Bourget, 34300 Agde. On doit espérer surtout que l'Europe aura voix au chapitre et mettra un peu d'ordre, non seulement dans cette affaire, mais dans un certain nombre d'autres qui existent en France et que nous n'arrivons pas à faire résoudre à l'échelon français.

L'année dernière, nous avions un rassemblement anticorrida à Béziers, au cœur du pays taurin, et nous avions décidé de faire cette année une sorte de réunion internationale à Nîmes que nous n'avons pas réussi à organiser. Mais il ne faut pas perdre peut-être ce projet de vue car je crois que c'est principalement la pression extérieure qui finira par l'emporter sur les habitudes que l'on a prises en France, depuis pas tellement longtemps en réalité. Quand on prétend que la corrida à l'espagnole est un rituel d'âge immémorial, que la préhistoire la pratiquait déjà, non... La corrida à l'espagnole, c'est-à-dire la boucherie, remonte au mariage de Napoléon III, et c'est Eugénie de Montijo qui nous a valu cette agréable introduction en France pour compléter nos courses à la cocarde, nos courses landaises. Celles-ci sont brutales, bien sûr, on peut les critiquer, ce n'est cependant pas la même chose que le supplice infligé à un animal domestique, contrairement à la loi d'ailleurs.

Cosmique

Il faut retrouver ce que l'homme moderne a depuis longtemps perdu, le sens du cosmique. La découverte de l'évolution et de la parenté des êtres devrait nous permettre aujourd'hui de changer d'attitude. J'ose espérer que cette modification s'opérera bientôt dans les esprits.

Croire

La foi est une fidélité, un appel auquel nous sommes libres de répondre, par la vie spirituelle mais aussi par l'action. Croire, c'est nécessairement agir. La foi chrétienne n'est pas qu'un état d'âme, si élevé soit-il. C'est d'abord une volonté d'agir pour faire advenir concrètement en ce monde le Royaume de Dieu. Prière et action, lutte et contemplation : il faut tenir ensemble ces deux appels, en apparence contradictoires.

Cruauté de la nature, cruauté de l'homme

Bien sûr que la nature est cruelle!

Les animaux vivent sous la menace permanente d'ennemis. Mais l'homme n'est pas responsable, il n'a pas créé les carnassiers, et les tigres, les panthères, les guépards agissent comme ils doivent le faire biologiquement. En revanche, la cruauté de l'homme est beaucoup plus grave parce qu'elle est volontaire et cultivée. Pis, l'un des privilèges de l'homme, c'est d'enseigner la cruauté et la torture : d'ailleurs, l'homme est le seul être vivant qui entretienne des écoles pour apprendre à ses jeunes à tuer leurs semblables. Le lion n'est pas fou, il n'apprend pas à ses lionceaux à tuer des lions, il les éduque seulement à tuer des gazelles ou des zèbres!

Cruauté

L'homme s'est intitulé roi de la Création, entre guillemets, et c'est un peu la faute, il faut l'avouer, des trois grands monothéismes qui ont placé l'homme au centre de l'univers et ont considéré la nature comme étant au seul service de l'homme, avec pour celui-ci le droit d'user et d'abuser. Il y a même dans la Genèse un verset terrible disant que l'homme doit devenir un sujet de crainte et d'effroi pour tout animal de la Terre. Eh bien, c'est assez réussi. À ce premier courant d'anthropocentrisme s'est joint plus tard le cartésianisme, avec l'animal-machine, et ces deux courants juxtaposés, l'anthropocentrisme de la Genèse et le mépris cartésien de toute autre vie que la nôtre, sont probablement responsables dans une large mesure de l'attitude scandaleuse et cruelle de l'homme envers l'animal, qui n'a toujours pas de droits. Vous savez que la timide loi Gramont*, qui protège les animaux domestiques seulement, n'a pas tant été prise en faveur des animaux ; elle a été prise en faveur des hommes pour ne pas favoriser le penchant à la cruauté chez l'homme, mais ce ne sont pas tellement les victimes que l'on cherchait à protéger.

Il n'est pas difficile de rappeler quelques aspects de cette moderne sauvagerie, les jeux sanglants, bien entendu – vous savez combien il est difficile en France de se débarrasser du combat de coqs, des tirs au pigeon, de l'horrible corrida, qui d'ailleurs est un assez trouble mélange de sang et de sexe, mais enfin qui est encore tolérée par la loi. [...] La chasse à courre bien entendu, les souffrances infligées aux bêtes par la chasse dite « sportive », c'est-à-dire la chasse pour s'amuser, s'amuser à tuer ! Sans songer aux agonies d'un animal blessé, celle du cerf joyeusement assassiné par d'aimables gens du monde dont les chiens sont maintenant transportés en voiture, ils sont relayés au cours de la pour-

---

* Note de l'éditeur : la loi Gramont, datant de 1850, interdisait « d'infliger publiquement des mauvais traitements aux animaux domestiques ».

suite de l'animal traqué… Et il y a les abus de l'expérimentation scientifique et médicale bien entendu, une vivisection trop souvent pratiquée impunément et sans contrôle efficace. Il y a les massacres tolérés, encore qu'illégaux, d'oiseaux migrateurs. Pensez à ce qui se passe dans le Sud-Ouest chaque année au passage des tourterelles. Il y a les conditions inhumaines faites trop souvent aux bêtes dans les élevages industriels, les veaux élevés en batteries, les volailles mutilées, le bec coupé, les ongles coupés, le gavage des oies, les grenouilles coupées en deux avec des ciseaux, etc., etc. Et puis, le martyr des bêtes d'abattoir, malgré un décret qui existe depuis 1964, une législation très tardive en France, mais qui interdit tout autre procédé de mise à mort que l'étourdissement préalable par des moyens humanitaires, c'est-à-dire le pistolet d'abattage, la narcose électrique, etc. La question devrait être réglée ; pratiquement, elle ne l'est pas. Les infractions restent fréquentes, même dans les abattoirs officiels. Des Anglais ayant découvert en suivant leurs moutons, exportés vivants jusque dans une ville du Sud-Est français, que ces moutons étaient égorgés à vif, réclament l'interdiction de ces exportations.

D

DANGER

Il y a danger, et même dangers, au pluriel, bien sûr. Voyez-vous, avec le stade évolutif que nous venons d'atteindre, où l'Homme n'est plus un élément inoffensif de la biocénose, un petit prédateur entre tant d'autres, un modeste concurrent du lion ou du guépard, mais se trouve doué dorénavant de pouvoirs techniques démesurés, quasi démiurgiques, nous entrons dans un monde nouveau : désormais, il va dépendre de nous d'instaurer, avec le respect de la vie, avec une éthique de la sympathie et de la pitié, une grande réconciliation avec la nature, ou bien de céder sans combat, une fois encore, à nos instincts de domination et d'orgueil, à notre goût invétéré de la violence, à notre coupable indulgence pour la cruauté et pour la guerre, ce qui mènera non seulement l'espèce humaine mais peut-être la vie sur la Terre à la catastrophe finale.

Le monde s'émeut aujourd'hui des dangers qui le menacent. Personne ne peut dire si le point de non-retour n'est pas déjà dépassé. Le danger, en tout cas, a été dénoncé de longue date par les savants et les penseurs. L'opinion s'en soucie aujourd'hui parce que certains inconvénients deviennent visibles. Mais l'ampleur de la campagne soudainement déclenchée pour la sauvegarde de la nature procède de tout autre chose : c'est que la défense écologique est devenue rentable. Les gouvernements y cherchent une occasion de popularité, certaines entreprises y trouvent une source nouvelle de profit, et les grands pollueurs qui se mettent à la financer y trouvent le moyen de se « dédouaner » à bon compte tout en faisant leur publicité.

Découragement

Il y a de quoi être découragé. Il ne faut pas céder à la tentation du désespoir, même quand elle est forte. Il n'est certes pas facile de sauver l'espérance, les choses ne vont pas si vite. Quand on peut manifester sa solidarité avec des gens en difficulté, il faut le faire, même si les résultats n'en sont pas très visibles. Je ne vois pas en quoi le fait que je croie en Dieu et que vous n'y croyiez pas pourrait modifier mon attitude contre la guerre, contre l'injustice, contre la violence.

Départ

On a beau savoir que tout est prêt, que les chameaux ont « de la bosse », que les deux Bédouins qui m'accompagnent sont des « durs », qu'à vues humaines, avec un peu de ténacité, d'expérience… et de chance, on peut espérer passer sans encombres, un appareillage est toujours un peu émouvant.

Parce que, après tout, qui dit océan implique, nécessairement inéluctablement, l'éventualité du naufrage.

Et il faut l'avouer, cette fois, c'est un peu tenter le diable quand même. Et si mon vieux désert trouve que, ce coup-ci, j'exagère, il ne sera pas en peine pour me le signifier.

DÉSERT

De quelle manière aborder le désert ? En le respectant. C'est essentiel. Au Sahara, on voit la nature telle qu'elle était avant l'homme, et telle qu'elle serait, si l'homme venait à disparaître. Le squelette de la Terre est directement visible. C'est un spectacle presque indécent, et vraiment émouvant. Qui exige un certain état d'esprit, une approche au ras du sol, humaine et intelligente.

DÉSERT (ET TOURISME)

Il faut établir une sorte de code moral avec le désert. Il ne faut pas emmener les gens n'importe où, n'importe comment. Je pense notamment aux sites archéologiques, surtout des sites de surface, qui sont de véritables archives de l'humanité. Les touristes souvent ne savent pas se contenter de regarder, ils veulent prendre. Certaines stations néolithiques, par exemple, entre l'Aïr et le Ténéré, au Niger, mises au jour il y a vingt ans, ont subi des dégâts considérables. Un collègue me faisait remarquer récemment que les richesses de ces lieux pouvaient jadis remplir un train entier. Aujourd'hui, on pourrait tout juste remplir un panier. Tout a été progressivement pillé. Il s'agit d'éduquer les touristes, d'établir des règles de conduite.

DÉSESPÉRANCE

Faut-il désespérer de l'homme ?

Dans son attitude en face de la nature, on peut distinguer trois phases. Au début, l'homme vivait en harmonie avec les autres êtres vivants dans un milieu naturel équilibré. S'il prélevait quelques animaux pour se nourrir, cela n'avait pas plus de conséquences que lorsqu'un lion se paie un zèbre ou un gnou.

La deuxième phase, l'agression, a commencé au néolithique, avec l'apparition des outils, qui ont permis de déboiser et de tuer davantage d'animaux. Les techniques se perfectionnant, ces agressions n'ont cessé de croître. Et nous voici arrivés à un point limite. Le salut, c'est de passer à la troisième phase : la réconciliation.

Comment y parvenir ?

– Il y a d'abord des remèdes techniques. On en connaît déjà beaucoup, mais ils ne sont pas tous utilisés, parce que trop onéreux. Pour les moteurs à explosion, il faudrait une véritable conversion de l'industrie automobile.

– Second remède : la réglementation. Mais une loi est une chose, son application une autre. Des usines préfèrent payer des amendes plutôt que d'entreprendre de coûteuses installations d'épuration.

Les autorités elles-mêmes ferment les yeux. Notre législation protège les oiseaux. N'empêche qu'au printemps de l'an dernier, on a massacré peut-être un million de tourterelles. On loue des pylônes d'où les chasseurs tirent sur les nuages d'oiseaux. Le profit avant la loi !

Nous agissons avec la nature comme si elle était notre propriété. En réalité, c'est un capital dont nous sommes seulement usufruitiers et que nous devons transmettre aux générations futures. Peu d'hommes ont conscience de cette responsabilité. Aussi la réconciliation avec la nature exige-t-elle, au-delà des moyens techniques et législatifs, un changement, un bouleversement de nos habitudes mentales, disons une conversion ; elle débouchera sur une éthique nouvelle fondée sur le respect de la vie, sur le sentiment de l'unité profonde des êtres et des choses, car tout se tient dans la nature.

[...] Nous devons aimer ceux qui viendront après nous et leur ménager un monde qui soit habitable. Je vais plus loin : cet amour des autres doit englober non seulement les hommes, mais tous les êtres vivants : nous avons une responsabilité vis-à-vis d'eux, celle de frères aînés.

L'homme, dit-on, est le roi de la Création, oui, mais à condition de la respecter, car elle appartient à Dieu. En se conduisant envers elle comme un mal élevé, il en subit le contrecoup. S'il la respecte, au contraire, il contribue à son propre équilibre.

En ce domaine aussi, à « chercher d'abord le royaume de Dieu et sa justice », on reçoit le reste par surcroît.

DESTIN

Pourquoi suis-je né à Rouen dans une famille pastorale plutôt que sous la hutte d'un Téda du Tibesti ou sous la tente noire d'un berger tibétain ? J'aurais donc très bien pu être musulman ou bouddhiste ? D'ailleurs à quoi bon s'interroger, tout au moins sur le point de départ, le reçu, le donné d'une aventure individuelle, dans un domaine où l'on ne peut faire plus que de constater et, parfois, de rendre grâce ? Les grandes étapes d'une destinée, même au-delà de l'enfance, les aura-t-on, véritablement, décidées ? Est-on réellement responsable des choix importants, ceux qui engagent pour toute une vie terrestre et peut-être au-delà ? Et sinon, qui nous les a imposés, tout en nous laissant parfois l'illusion de la liberté, alors que convergences et divergences, causalité et finalité mêlent leurs effets sur cette tapisserie à deux faces que décrit Costa de Beauregard, avec un endroit et une trame, « tout ce réseau qui fabrique le monde » ?

Destruction

On perfectionne perpétuellement les moyens de détruire. Il faut être très attentif à l'avenir des bombes atomiques dans le monde. Une conflagration internationale atomique serait mille fois Hiroshima. Les choses commencent à bouger avec l'arrêt des essais atomiques. Maintenant, il faut arriver à un traité international qui interdise la possession de ces objets. Arriver à la destruction. Le traité de non-prolifération le dit mais n'a pas été suivi d'effets.

Développement africain

Bien sûr, l'œuvre médicale est incontestable. On a sauvé des vies humaines et fait reculer la maladie. L'enseignement s'affirme indispensable. Seul le développement bien compris de l'instruction, la maturité graduelle du peuple peut rétablir l'équilibre rompu et faire comprendre nos propres conceptions.

Devise

« Croire quand même, espérer quand même, aimer quand même » : c'est une inscription que mon père avait fait reproduire au pochoir. Cela veut dire que la foi chrétienne est un *quand même*. Ça ne va pas de soi, c'est une victoire sur autre chose, sur l'état du monde, sur la mentalité courante, sur les habitudes, etc. C'est une formule courageuse en tout cas.

Différence et altérité

C'est toujours la même chose avec la nature : on croit – parce qu'on le voudrait tant – que c'est simple, et puis, bernique! au premier contact un peu attentif avec le réel, nos pauvres schémas, puérils et rassurants, s'envolent au souffle moqueur d'un Cosmos décidément très différent de celui de nos doctes balbutiements.

Exemple, cette Afrique que nous voudrions homogène et simple, d'un seul tenant, d'un bout à l'autre habitée par « le Nègre », partout identique comme, bien entendu, partout « sauvage », et toute prête à recevoir enfin, avec les « bienfaits de la civilisation », les leçons de morale que nos prodigieuses réussites dans ce domaine nous donnent le droit de lui dispenser.

Le seul malheur est que les choses sont, en fait, singulièrement différentes.

À la surface de l'énorme continent, se succède du désert à la forêt dense, de la mangrove aux glaciers, une riche diversité de milieux physiques et par conséquent de faunes et de flores. Quant à l'homme, bien loin d'être partout identique, il présente des types physiques très variés – quoi de commun entre un Négrille et un Peul, entre un Bushman et un Ouolof? –, parle d'innombrables langues compliquées au vocabulaire souvent exubérant, et, loin de présenter une civilisation, révèle aujourd'hui à l'ethnologie l'existence de toute une série de cycles culturels ayant chacun leurs caractères, leur aire de distribution et, bien entendu, leur histoire.

Des nappes de sédiments culturels ont coulé au cours des siècles, à la surface de l'Afrique, se recouvrant souvent les unes les autres et, naturellement, à partir d'origines différentes : la vieille Méditerranée, en tous les cas, et tous les Orients, peut-être jusqu'à l'Inde.

Les Africains, il est vrai, n'ont pas tout reçu de ces contacts : ni la charrue ni l'alphabet en tous les cas. Ce qui les empêche de posséder une histoire écrite; mais non point d'en avoir une quand même, et tout aussi vieille que celles qu'ont conservée, ailleurs, la brique ou le marbre. Le Noir n'est pas un homme sans passé, il n'est pas tombé d'un arbre avant-hier. L'Afrique est littéralement pourrie de vestiges préhistoriques et certains se demandent même depuis peu si elle n'aurait pas, contrairement à l'opinion courante, vu naître l'homme proprement dit.

Quant à la « sauvagerie » africaine, on peut se demander si elle est jamais venue à la cheville de l'autre, la « chrétienne ». Et il est bon aussi de savoir admirer chez le Noir son sens de la politesse et de l'hospitalité, son amour des enfants tout comme d'ailleurs l'humour de ses conteurs, la sagesse sentencieuse de ses vieillards, ses dons artistiques, l'inspiration de ses poètes, les facultés supranormales de ses devins, l'expression dans certains cas d'une pensée philosophique symbolique religieuse ou mystique.

L'Afrique existe, très concrètement. Il serait donc absurde de continuer à la regarder comme une table rase à la surface de laquelle on peut bâtir, *ex nihilo*, n'importe quoi, comme une substance informe à laquelle on puisse infliger, au gré de l'opérateur, n'importe quel moule. Dans notre sotte – et paresseuse – passion de la généralisation abstraite, nous sommes persuadés qu'un système d'enseignement, un mode de scrutin, un code, un régime sont bons « en soi » et automatiquement salutaires à la totalité du globe, alors qu'on voit mal, *a priori*, pourquoi ce qui a réussi (quand c'est le cas !) sous 45° de latitude nord serait nécessairement bénéfique aux bergers du Tibesti ou aux Pygmées de la forêt vierge.

Des civilisations sont en contact et, par conséquent, en conflit. Persuadés que la nôtre est non seulement la seule bonne, mais la seule possible, nous accepterions volontiers de la voir, dans une conquête planétaire, se substituer à toutes les autres. Éventualité qui peut réjouir le marchand de brosses à dents vitaminées, d'apéritifs ou de livres obscènes, mais qui épouvantera comme la plus redoutable des menaces ceux qui tiennent la personne, celle des peuples comme celle des individus, pour une irremplaçable richesse.

Non pas malgré sa prodigieuse diversité : à cause de celle-ci. Et pour la même raison qui fait nécessaire à la symphonie la variété des instruments, à l'harmonie du tableau la polychromie des palettes. Exactement ce que dit Teilhard de Chardin quand, à propos des races humaines, il parle de « diversité fonctionnelle », d'« essentielle complémentarité » et d'union qui « différencie ».

Car c'est ici le centre du problème. Il ne s'agit nullement, en effet, d'appauvrir l'humanité en assurant le triomphe d'un seul des aspects possibles de la culture humaine, mais bien plutôt de permettre à chaque élément de la famille terrestre d'apporter au concert commun, pour en enrichir l'ensemble, ce qu'elle possède de meilleur. Au terme, par conséquent, d'un choix, d'un tri, chaque culture devant à la fois ne retenir de son propre patrimoine que ce qui mérite de l'être et n'accepter de l'influence extérieure que ce qui lui est organiquement assimilable et peut enrichir son âme.

Associer, juxtaposer, réunir, ce n'est pas nécessairement fusionner. L'union féconde n'est pas celle qui abolit les virtualités spécifiques et fait d'une précieuse diversité je ne sais quel informe et désolant magma : l'union véritable exalte les personnalités associées, découvrant dans leur contact mutuel, et plus encore dans un but commun proposé à leur activité, des raisons nouvelles d'être pleinement elles-mêmes et de mettre leurs richesses respectives au service du bien collectif.

Au moment où disparaît ce que le vieux système colonial, après cinq siècles, avait de décidément périmé, et où des formes nouvelles de structure comme de mentalité vont devoir se dégager, il importera d'accepter honnêtement les différences, énormes, et, à mon avis, heureuses, qui séparent les hommes. Différences qu'il serait insensé, et vain, de vouloir nier, mais qu'il faut ouvertement reconnaître, pour y trouver, grâce au miracle d'une union totalisante, additionnant des richesses, les éléments mêmes d'un nouveau progrès spirituel.

À condition que ce soit celui-ci que l'on vise et que l'on ne continue point à tenir les autres, matériel, économique, politique, pour une fin en soi, et non pour ce qu'ils sont, un moyen.

Mais ceci est une autre histoire…

Dieu et la nature

La contemplation de la nature ne me mène pas à Dieu. Je me méfie du discours romantique sur une nature prétendument accueillante, qui ne serait peuplée que de jolies fleurs et de petits oiseaux. La nature est loin d'être idyllique. Elle est, au contraire, terrible, aveugle, cruelle, injuste. C'est un drame permanent. À tel point qu'on a peine à croire qu'un Dieu qu'on dit miséricordieux et aimant ait pu, sciemment, organiser un monde où l'on ne vit qu'en dépeçant son voisin. Les animaux ont certes l'excuse de ne pas savoir ce qu'ils font : leur cruauté n'est pas volontaire. L'homme, lui, ne peut pas bénéficier de circonstances atténuantes.

La lecture du « grand livre de la nature » ne me mène donc pas nécessairement à la certitude absolue qu'un Dieu infiniment bon en est l'origine et le créateur. Le scientifique en moi sait trop combien est terrifiant l'affrontement des espèces. Le croyant, quant à lui, rêve avec les prophètes de la Bible, qui annoncent un temps où les hommes transformeront leurs lances en serpes et où la panthère habitera avec le chevreau…

Nous n'avons qu'un seul véritable chemin : l'Évangile, la Révélation. Jésus nous dit, à travers l'Écriture, une chose unique qui devrait nous suffire pour orienter toute notre vie : Dieu est amour et il nous appelle à l'amour. Personnellement, je me contente de ce message révolutionnaire. Quant à affirmer que le « Dieu » de la nature, « moteur », « cause première » de l'univers, se confond exactement avec le Dieu de Jésus-Christ, je reste prudent…

DISPARITION

J'ai encore un mot à ajouter : la perte, cela peut être la disparition de l'espèce humaine, cela pourrait être aussi la disparition de la vie à la surface des continents… Mais cette disparition ne sera pas forcément celle de la vie dans les eaux, et en particulier dans les mers. La vie dans la mer n'est pas du tout celle des continents. La vie dans la mer n'occupe pas une surface, elle occupe un volume, or les mers occupent près des trois quarts de la surface de la terre et la moyenne des profondeurs des mers et océans est de l'ordre de 4 000 mètres.

À l'intérieur des mers, il y a beaucoup de choses ; il y a du monde jusqu'en bas, jusqu'à 11 000 mètres de profondeur – même s'il n'y a plus tellement de vie à de telles profondeurs. La partie la plus vivante de la mer c'est la surface, sur les récifs coraliens, sur les mers, pas nécessairement tropicales. On connaît une grande exubérance dans les mers arctiques ou antarctiques.

C'est la partie éclairée de la mer qui est particulièrement riche en vie, végétale et animale. Cette vie est une suite, un cycle.

On peut se demander quel sera le groupe zoologique qui survivra éventuellement, si les êtres humains sont assez stupides ou imprévoyants pour se détruire eux-mêmes.

Disparition de l'homme

Nous vivons dans un monde qui repose directement sur l'argent et sur le profit. D'une part, la société est axée sur la rentabilité, comme ils disent, mais, par ailleurs, nous ne sommes pas sortis de la préhistoire. Nous vivons dans la barbarie préhistorique : nous avons encore le goût du sang, de la violence, de la guerre, nous avons le mépris des faibles ! L'homme ne songe qu'à perfectionner les moyens de détruire ses semblables. Tout cela finira mal. Ce ne sera pas une catastrophe pour la nature ! Elle existait avant l'homme, elle existera après, il faudra recommencer beaucoup de choses à zéro, mais la nature n'est pas pressée. Pour elle, 10, 50, 100 millions d'années, ce n'est rien du tout. Il faudra recommencer, et on recommencera. Il y aura des relais. Les primates peuvent disparaître, les mammifères de même, beaucoup d'autres candidats sont possibles : les insectes, les oiseaux ! Mes candidats à moi, ce sont les céphalopodes : des animaux marins comme les pieuvres, les calmars, les seiches…

Domestication des animaux

On reporte sur l'animal beaucoup de nos sensations, de nos émotions, on le change un peu à notre image. Il faut se méfier de ne pas en faire un objet, une peluche, observer qu'il soit heureux, qu'il mène une vie conforme à sa biologie. Pour ma part, je n'envie pas le chien cloîtré en appartement avec une sortie d'une heure par jour, je le préfère courant dans la forêt, dans les prés, au soleil ou sous la pluie. Certains animaux sont si domestiqués qu'ils ne pourraient pas reprendre la vie sauvage. À force de vivre à notre contact, ils ont perdu leurs attaches avec leur origine, leur famille animale, ils sont totalement dépendants de nous à tous égards. Ce sont des animaux devenus artificiels soit pour notre profit, soit pour notre plaisir.

DRA (JEU SAHARIEN)

Le *dra* (tamacheq) ou *dili* (haoussa)

Le damier se compose de 6 x 5 = 30 cases obtenues par fossettes marquées à la main sur le sable.

Chaque joueur dispose de 12 points, bâtonnets pour l'un, cailloux pour l'autre.

Une séance se compose habituellement de 10 points, soit le plus souvent 10 parties, parfois moins, car celui qui gagne sans avoir lui-même perdu un pion compte 2.

Les pions se déplacent d'une case à la fois, dans tous les sens orthogonaux (pas en diagonale) : en avant, en arrière, de côté.

La partie comporte deux temps : le déplacement des pions et le jeu proprement dit, consistant à tenter d'aligner des séries de 3 pions, chaque alignement réalisé donnant le droit d'enlever du jeu un pion (au choix) de l'adversaire.

Premier temps : chaque joueur à tour de rôle, sans qu'il y ait de règle fixe pour le choix du débutant, place, un à un, ses douze pions à son gré ; il n'a pas le droit, bien entendu, de constituer déjà au cours du premier temps des alignements de 3 pions.

On n'a jamais le droit, ni au cours du premier ni au cours du second temps, d'aligner plus de 3 pions.

La partie est terminée quand l'un des partenaires a perdu tous ses pions.

Celui qui a débuté au premier temps commence aussi au second.

Si, au cours du jeu, on venait à fermer simultanément d'un seul mouvement deux séries (figure 6), on ne peut en choisir qu'une seule, et on ne prend qu'un pion à l'adversaire.

Le pion capable de fermer une série à chaque mouvement ou tous les deux coups (figure 7) se nomme un cheval (*aïs*, tamacheq ; *doki*, haoussa). Celui qui est parvenu à se fabriquer un cheval, inaccessible aux attaques ennemies, a fatalement gagné.

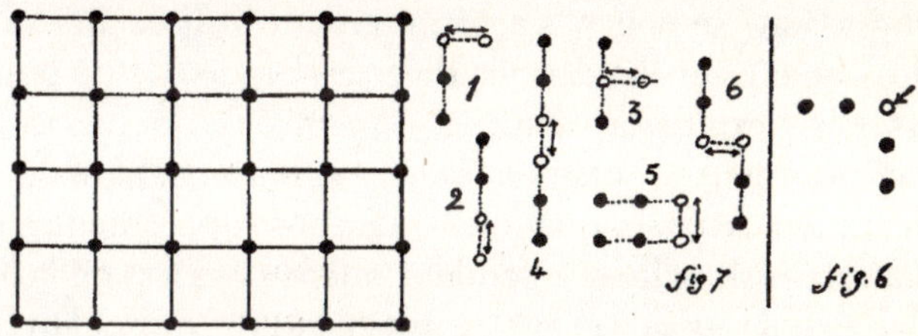

Figure 6 : cas du double alignement obtenu d'un seul coup.
Figure 7 : exemples de chevaux, simples (fermeture tous les deux coups) : 1, 2, 3 et doubles (fermeture à chaque coup) : 4, 5, 6.

Drogue

Dans tout ce bruit, tout ce vacarme fait autour de « la » drogue, après tout, de laquelle s'agit-il ? Et sait-on seulement, au niveau du lecteur moyen en tous les cas, de quoi on parle ? N'existe-t-il pas, par exemple, des risques certains de confusion dans l'emploi de synonymes tels que hachisch, kif ou marijuana, alors qu'il s'agit botaniquement d'une espèce unique, le *Cannabis sativa var. Indica ?*

Il y a plus grave, car il pourrait sembler, à lire la prose officielle et celle de bien des commentateurs, que ne devraient être classés, et condamnés, sous le nom de drogue que les produits tirés du chanvre indien, de l'opium, de l'ergot de seigle, ainsi que diverses préparations chimiques (barbituriques, etc.).

Dans son sens restreint, et d'ailleurs néologique, le mot « drogue » ayant acquis une connotation décidément pathologique devrait s'appliquer aux supports de toutes les toxicomanies et désigner, par conséquent, tous les poisons, stupéfiants, etc., susceptibles de faire naître chez le malade un état de besoin et donc de dépendance, voire, à la limite, d'esclavage.

Si cette définition est admise, et si la notion de « drogue » ne se voit pas arbitrairement limitée aux substances que, pour des raisons diverses, on décide de pourchasser, à l'exclusion d'autres non moins nocives mais tenues pour patriotiquement sacrées et intouchables, on ne tardera pas à se poser quelques questions supplémentaires.

Par exemple celle-ci : pendant que les foudres de la loi, le glaive de la justice et les « interrogatoires musculaires » de la Sainte-Hermandad entrent en guerre contre le chanvre, comment expliquer que les mêmes autorités, si merveilleusement soucieuses de la santé publique, acceptent que d'autres drogues demeurent, elles, en vente libre et bénéficient même, de la part de l'État, de substantiels encouragements ? Est-il juste, est-il raisonnable de mobiliser pour sauver du *Cannabis sativa* la patrie en danger, l'arrière-ban de nos policiers, voire d'en recruter de supplémentaires, quand le même État pousse de son mieux à la consommation de ses cigarettes cancérigènes et tolère, sur les ondes de toutes les radios de France, de quotidiennes incitations à une consommation accrue de l'alcool ?

En réalité, quelle commune mesure existe-t-il entre les méfaits en France, championne du monde de l'éthylisme

« toutes catégories », de l'alcool et ceux du chanvre ? Il n'y a pas de jour où ne soit signalé quelque nouveau drame de l'alcoolisme : crime, accident de la route, famille désunie, enfance malheureuse, martyrisée ou dévoyée. Et je ne rappelle pas ce que l'alcoolisme coûte à la France : on commence, timidement encore, à oser le calculer et le publier.

Peut-on alors, sans rire, tenir le chanvre pour responsable de plus de méfaits et de tragédies, pour justiciable de mesures plus sévères ?

Quant à la nicotine, autre drogue en vente libre, on sait maintenant le tribut que lui paye la santé publique, non seulement en cancers des voies respiratoires – les statistiques chirurgicales peuvent en témoigner – mais dans bien d'autres domaines.

En réalité, partir à l'attaque de « la » drogue en oubliant les principales, c'est négliger de mettre le siège devant le donjon et se contenter d'investir et d'emporter la maisonnette du portier, ou seulement la niche du chien.

Bien sûr, il est plus difficile de lutter avec courage et efficacité contre l'alcool et le tabac que contre ce qu'il est convenu d'appeler « la drogue » : l'alcool demeure en France une puissance électorale redoutée, et le tabac officiel du Seita rapporte à un État pour lequel l'argent, d'où qu'il vienne, sent toujours bon. Ce qui n'est d'ailleurs pas nouveau, puisqu'on a connu autrefois un opium officiel en Indochine et un kif de la Régie en Tunisie et au Maroc.

Mais alors, soyons au moins lucides et francs, et acceptons l'extraordinaire incohérence d'une politique qui, tout à coup, découvre quelques drogues entre d'autres, et les isole pour les poursuivre seules. On a même vu récemment un homme politique réclamer la décapitation des trafiquants, proposition d'autant plus intempestive, d'ailleurs, que la France paraît enfin s'orienter lentement vers l'abolition de la peine de mort.

Qu'on m'entende bien : je ne défends aucune drogue, pas plus le chanvre que l'héroïne, pas plus l'alcool que le tabac, mais je souhaiterais, au contraire, que l'on eût enfin le difficile courage de les combattre toutes, et que, s'il apparaît nécessaire de lancer les troupes de M. Marcellin contre les toxicomanies, les plus redoutables de ces dernières ne se voient plus pudiquement oubliées : les marchands de whisky et de nicotine sont aussi des « trafiquants ».

DROITS DE L'ANIMAL

Toujours plus, les animaux agressés sont défendus devant les tribunaux, qui infligent des peines sévères aux coupables. C'est le fruit d'une lutte commencée depuis longtemps en faveur de l'animal qui a enfin une personnalité juridique et des droits reconnus par la loi. Ce n'est plus un « animal machine », selon Descartes, c'est-à-dire un objet privé de sensations. La défense et la sauvegarde de l'animal doivent avoir des représentants au sein des organismes gouvernementaux. Sur le plan de l'éducation, de l'instruction publique, il faudra apprendre aux enfants à comprendre et respecter les animaux. Les adultes, eux, ne feront pas de l'animal une bête de cirque, de jeu, d'abattage ou de laboratoire.

DURÉE

Quelle impression ai-je de la durée, de mon temps ? Je ne pense pas à mon temps, mais à l'origine de la vie venue il y a trois milliards d'années, sous une forme très modeste, dans une soupe primordiale, la mer. C'est la mer qui est à l'origine de la vie qui s'est ensuite développée, qui a envahi les continents. Au début, il n'y avait rien sur les parties immergées du globe terrestre, et en y mettant le temps – Lamarck avait dit ça d'ailleurs, « avec le temps [il ne disait pas la durée] tout devient possible, même ce qui semble invraisemblable ». Et il ajoutait, en ce qui concerne le temps, « la nature n'en manque jamais ». La nature n'est pas à dix millions d'années près. Quand il n'y aura plus d'hommes, il y aura toujours la nature. La nature existait avant l'homme, et existera après l'homme. L'évolution biologique continuera.

Ce biface sur ma table me donne une idée de la durée. Un monsieur a fabriqué cet outil qui a dépecé une antilope. Il l'a jeté. Et un autre monsieur, qui était moi, l'a ramassé. Entre ces deux messieurs, un peu plus de 100 000 ans se sont écoulées. L'outil n'a pas été retourné, c'est le pourquoi de sa face luisante et l'autre mate. Il n'a pas été bougé, et pourtant il est passé des éléphants, des girafes, et tous les gens du néolithique aussi.

E

Écologie

S'il est certes louable de combattre certaines de ces péjorations actuelles dont l'homme est responsable en permettant d'ailleurs à certains pollueurs notables de prélever quelques profits supplémentaires sur le chapitre « dépollution », on ne semble pas sortir ici d'une série de procédés techniques destinés, en fait, davantage à améliorer les conditions de la vie humaine, objectif excellent dans son principe mais notoirement insuffisant.

[...] Le débat devrait être élevé pour diverses raisons insuffisamment reconnues, y compris dans les milieux écologistes. En réalité, il s'agit d'une philosophie véritable capable enfin de tenir compte de la totale unité de l'univers et plus spécialement de celle du monde vivant à l'intérieur duquel tout se tient dans une commune et exigeante dépendance.

S'il est bien entendu nécessaire de balayer les quais du métro, d'épurer les eaux usées, il l'est tout autant, à mon avis, de défendre l'intégrité du monde vivant sous toutes ses formes. Ceci d'autant plus qu'à ne vouloir favoriser qu'une des espèces en cause, sans se soucier assez de toutes les autres, avec les milieux biologiques devant assurer pour elle une durable conservation, on risque de découvrir un jour, mais un peu tard, qu'on aura servi davantage la décadence de l'homme que son progrès, voire accéléré sa disparition.

ÉDUQUER

On pense souvent qu'à condition de toucher les enfants, on aura préparé pour demain (mais y aura-t-il encore quelque chose à sauver demain, et y aura-t-il seulement un Demain ?) une génération nouvelle, ouverte à une mentalité améliorée. Et l'on n'a pas tort, dans un certain sens. Mais pour enseigner aux enfants, il faut des maîtres eux-mêmes convertis et convaincus : les a-t-on déjà ? Les programmes scolaires font-ils déjà leur place, et une place suffisante, aux devoirs de l'homme à l'égard de la nature ? Et si, avant que les petits d'aujourd'hui, devenus des adultes, refusent d'assassiner les tourterelles, leurs aînés ont achevé l'extermination de celles-ci ? Il faut donc combattre, simultanément, sur tous les fronts, par des moyens différents, suivant qu'il s'agira d'enfants ou d'adultes, mais tenter d'inculquer à tous, petits et grands, le même idéal.

ÉGLISE ET ANIMAUX

Madame la Présidente, Mesdames, Messieurs, chers amis, Madame Gilardoni a bien voulu me demander de dire quelques mots au cours de cette assemblée générale et, bien entendu, j'ai accepté.

Je voudrais, dans une brève allocution, attirer votre attention sur la situation de l'animal en face de la pensée et de la morale chrétiennes.

C'est un sujet qui vient d'être évoqué par mon confrère le professeur Wolff, mais je pense que c'est un thème qui mérite d'être approfondi et médité.

D'abord, ce n'est pas dans une assemblée comme celle-ci qu'il faut rappeler les horreurs qui caractérisent une civilisation que nous prétendons d'origine chrétienne. En Europe occidentale, la situation de l'animal, domestique ou sauvage – et il n'y a aucune protection de l'animal sauvage bien entendu – reste affreuse.

On pourrait faire un catalogue, mais c'est inutile, vous avez tous présents à l'esprit les combats de coqs, les sanglantes boucheries de la corrida, de la chasse à courre, de la chasse tout court également, etc. Le chapitre serait très long à énumérer.

On pourrait se demander pourquoi on en est là.

Pourquoi une civilisation qui se prétend fondée sur des préceptes évangéliques et sur certains textes du Nouveau Testament en est arrivée à un tel mépris de l'animal, car il s'agit bien de mépris.

Un Père de l'Église avait dit une fois que l'animal avait été créé uniquement pour l'utilité ou le plaisir de l'homme.

C'est assez incroyable bien entendu et, actuellement, aucun théologien n'oserait soutenir une telle proposition, mais pendant des siècles cela a été la doctrine officielle.

Et on sait bien aujourd'hui que pour beaucoup d'entre nous, de nos contemporains, l'animal est un objet.

C'est un objet, ce n'est pas un être sensible et souffrant, c'est un matériel dont on peut faire n'importe quoi.

Le problème qui se pose d'abord, c'est l'origine de ces aberrations.

Le premier mouvement, naturellement, c'est de se reporter aux textes de l'Écriture, puisque c'est la source de beaucoup de nos convictions spirituelles.

Qu'observe-t-on ?

Une thèse vétérinaire de M. Alain Maillot que j'ai sous les yeux a compté le nombre de citations concernant les animaux dans l'Ancien Testament et il nous dit qu'il y en a plus de 2200.

Je suis persuadé qu'Alain Maillot a raison, même si je ne les ai pas comptées moi-même.

Et quand on regarde la nature de ces citations, que dit l'Ancien Testament des animaux ?

Il y a, je sais bien, en cherchant bien, quelques préceptes qui pourraient passer pour un souci de considérer l'animal comme un être souffrant. Il y a par exemple la maxime : « Tu n'emmuselleras pas le bœuf qui foule le grain », mais c'est un précepte simplement utilitaire.

Il y a aussi : « Quand tu déniches une couvée d'oiseaux, tu prendras les petits, mais tu laisseras la mère. » Est-ce par pitié pour l'oiseau ?...

C'est probablement pour espérer avoir une deuxième ponte et une deuxième couvée dont on pourra ravir et tuer les oisillons... En réalité, il n'y a aucun précepte formel condamnant la cruauté, non plus contre la guerre, l'esclavage, la torture. Mais les auteurs de ces textes étaient des personnes de leur temps.

Naturellement, si les chrétiens adoptaient pour règle de vie le Sermon sur la montagne et les Béatitudes, tout viendrait d'un seul coup et disparaîtraient, à la fois, la cruauté, la torture, la guerre et l'esclavage, mais il ne semble pas que pour l'instant nous nous orientions très directement dans cette direction.

Après les textes bibliques, dans lesquels nous ne trouvons pratiquement rien en faveur des animaux, et il y a même des choses qui sont un peu choquantes pour nous (la naissance du Christ a impliqué la mort de deux colombes, parce qu'il fallait observer le rituel hébreu de l'époque), les Pères de l'Église ont décidé que l'animal était un objet qui avait été créé pour notre utilité et notre amusement.

On ne leur en veut pas d'avoir ignoré les trilobites, les ammonites et les dinosauriens, ils ne pouvaient pas les connaître, car ils ignoraient l'histoire de la Terre, mais on aurait quand même pu souhaiter plus de miséricorde vis-à-vis des autres êtres vivants.

Dans l'histoire de la pensée chrétienne, de la morale chrétienne, naturellement des individus et parfois des théologiens se sont révoltés contre la grande cruauté, en particulier un personnage pour lequel j'ai beaucoup de sympathie qui vivait au VIe siècle de notre ère, nestorien, et qui a dit une chose que je désire vous faire entendre. C'est très court, mais je crois que cette citation vaut la peine d'être écoutée :

« Isaac de Ninive veut un cœur qui s'enflamme de charité pour la création entière, pour les hommes, pour les oiseaux, pour les bêtes, pour les démons, pour toutes les créatures. Il peut donc prier aussi pour les animaux et même pour les reptiles dignes, eux aussi, d'une pitié infinie. »

Voilà une citation qui méritait d'être connue, parce qu'un théologien du VIe siècle nous invitant à prier pour les animaux, sans en exclure les reptiles, c'est quelque chose qui n'est pas banal et qui mérite d'être remarqué, car depuis on n'a pas beaucoup pensé aux reptiles, ni même aux animaux en général d'ailleurs.

Il y a eu saint François d'Assise, bien sûr, mais saint François d'Assise nous sert parfois de commode alibi à nous les chrétiens, parce qu'en réalité saint François d'Assise n'a pas fait école, même dans sa propre famille spirituelle, même si, depuis quelques années, cela change. Mais pendant des siècles il n'a pas été suivi dans son amour pour les animaux.

J'ai acheté un manuel du tertiaire de saint François, qui est un manuel de dévotion à saint François, qui est un gros volume, et je ne crois pas y avoir trouvé le mot « animal ». C'est quand même surprenant bien entendu.

On finit par se demander pourquoi les hommes d'Église portent si peu d'intérêt à la cause animale, car c'est un fait, devant les horreurs qui se passent dans notre pays, les Églises restent silencieuses, la hiérarchie se tait, même si des prêtres défendent des animaux, il y a une courageuse association chez les frères catholiques qui s'appelle « Notre-Dame de toute pitié » et soutient courageusement la cause animale, mais la hiérarchie, le magistère ne bougent pas.

Je ne sais pas ce qu'il y a dans le nouveau catéchisme, s'il y a quelque chose sur les animaux. On comprend un peu la gêne que les théologiens dans les différentes Églises, dans la mienne aussi, éprouvent dans ce domaine, car tout ce qui tend à diminuer, si peu que ce soit, le gouffre qu'ils ont créé entre l'homme, roi de la Création, et les autres êtres vivants, qu'on le veuille ou non, les gêne, ne leur est pas familier et ils hésitent.

C'est ainsi, il faut en tenir compte naturellement, mais il y eut quand même de siècle en siècle des esprits courageux, lucides.

C'est venu tard d'ailleurs, en fait au XVIIIe siècle, car au XVIIe siècle la cruauté était partout vis-à-vis des animaux. Elle l'est encore, me direz-vous, mais c'était encore plus horrible que maintenant.

On a vu par exemple les pieux solitaires de Port-Royal clouer un chien sur une planche et l'ouvrir pour voir comment cela marchait à intérieur. C'est encore la faute de Descartes de comparer l'animal à la machine.

C'est le coup de pied que Malebranche donne à une chienne en entrant à l'oratoire à côté de Fontenelle qui proteste naturellement, Malebranche lui répondant : « Ne vous inquiétez pas, c'est de l'air qui passe par des tuyaux sonores, cela ne sent pas. » Malebranche avait décidé que l'animal ne sentait rien.

Et nous supportons encore les conséquences de ces aberrations, alors il serait grand temps d'attirer l'attention des hommes d'église, des archevêques, des évêques, du pape sur ce problème, pour que le magistère dans les différentes Églises finisse, enfin, par ouvrir les yeux au problème de la souffrance animale.

Je sais bien que ce n'est pas facile, ce n'est pas une cause naturellement populaire, mais il faut quand même avancer dans cette direction.

On avancera seulement quand on priera dans les églises pour les animaux. Notre bon nestorien du VIe siècle le demandait voici déjà bien longtemps, mais on ne le fait pas encore. De très loin en très loin, cela peut arriver naturellement ; il m'est arrivé une fois de parler dans un temple protestant, en chaire, et à la fin du service dans ce que nous appelons la prière d'intercession, j'ai introduit de mon propre chef une phrase : « Prions pour les animaux si souvent victimes de la stupidité et de la cruauté des hommes. »

Et quand j'ai regardé en bas de la chaire, il y avait un chien blanc, je ne l'avais pas vu avant, car si je l'avais vu, je me serais adressé directement à lui.

Voilà ce qu'il faut essayer de faire, ce n'est pas compliqué, encore que cela puisse l'être, mais c'est dans cette direction qu'il faut aller.

Le XVIIe siècle était encore horrible : en Angleterre, il y a un livre récent sur ce genre de choses, la reine Élisabeth Ire s'asseyait sur un dais dans son jardin, se faisait jouer une jolie musique et perçait des animaux qu'on faisait défiler devant elle.

À la même époque, on a vu, en Angleterre aussi, le propriétaire d'un faucon dépecer vivant un pigeon, lui arracher une aile, puis une patte pour le donner au faucon.

C'est au XVIIIe siècle que les choses ont commencé à changer ; elles ont changé à ce point, dans le domaine de la pensée tout au moins, que plusieurs penseurs ont songé à ce problème redoutable : pourquoi les animaux seraient-ils privés de tout espoir dans l'au-delà ? Pourquoi n'auraient-ils pas leur part dans ce que nous appelons la Rédemption ?

Déjà au XVIIIe siècle, le naturaliste Bonnet de Genève avait soulevé la question. Au XIXe siècle, on en a reparlé, mon père l'a évoquée dans l'un de ses ouvrages.

Et récemment, un célèbre théologien allemand, Drewermann, a publié en français un petit livre entièrement consacré à ce problème : pourquoi les animaux n'auraient-ils pas, eux aussi, une espérance ?

C'est quelque chose de nouveau et qui mérite d'être approfondi, discuté et étudié.

La conclusion de ce rapide exposé qui n'est pas très encourageant est que ce que nous pouvons faire, il faut le faire, si peu que ce soit, c'est indispensable, sinon les choses continueront comme elles sont.

Les amateurs de corrida ont trouvé un évêque pour défendre les horreurs de l'arène, les chasseurs ont trouvé un évêque pour prétendre que l'on avait le droit de tuer pour s'amuser. C'est affreux, mais c'est ainsi.

On revient de loin, donc le combat sera long et difficile. Alors raison de plus pour que, sans illusions bien sûr, mais avec beaucoup de confiance, d'espoir quand même et beaucoup de ténacité, nous nous y mettions les uns et les autres. Et la ténacité, on n'en manque pas à l'OABA, n'est-ce pas Madame la Présidente…

ÉLÉPHANTS

En Afrique, où la cadence des destructions connaît une accélération stupéfiante – un zoologiste averti estimait tout récemment (juin 1961) qu'il n'y avait plus en septembre 1960 qu'environ 500 éléphants en Côte-d'Ivoire et que, si le massacre se poursuit au taux actuel, il n'y en aura plus du tout « d'ici un an ou deux » –, et où la vulnérabilité des sols et la fragilité de leurs fertilités sont notoires, les problèmes sont devenus très graves.

Empoisonnement des océans

On se plaît à penser que l'océan est immense et que c'est là notre garantie. C'est vrai qu'il couvre 72 % de la surface du globe et que sa profondeur moyenne est de 4 km, ce qui fait beaucoup d'eau. Mais il reçoit aussi beaucoup de poisons violents qui ne se détruisent pas tous et qui menacent sûrement la faune. Aussi longtemps qu'on continuera à déverser de la chloropicrine au large des côtes des USA, aussi longtemps que le navire *Topaze*, entre autres, déversera en mer, chaque été, des déchets radioactifs, aussi longtemps que l'industrie immergera ses boues rouges, aussi longtemps que les navires lâcheront leur mazout en mer… et j'en passe, nous savons qu'on s'achemine vers l'asphyxie et l'empoisonnement irréversible des océans.

Chaque pays, à supposer qu'il devienne conscient de ses responsabilités, ne règne que sur ses eaux territoriales. Or le drame se joue dans les eaux internationales, qui échappent à toute surveillance dans l'état actuel de la législation.

La planète est un système clos, je le répète, et l'humanité est solidaire, et solidairement responsable des richesses de l'océan… les seules qui nous resteront bientôt, au train où vont les choses sur terre. La mer est bien un peu *the last resource*. On commence déjà à l'explorer sérieusement pour y trouver du pétrole et des minerais. Elle contient notamment des nodules polymétalliques riches en manganèse, cuivre, cobalt et autres métaux qu'on s'apprête à aller pêcher par plusieurs milliers de mètres de fond. Quant aux puits de pétrole sous-marins, ils ont déjà été l'occasion d'une chaude alerte à Santa Barbara en Californie, où l'on n'est que tardivement parvenu à maîtriser la colonne de naphte qui jaillissait du fond. Qu'adviendrait-il des océans si un jour on n'arrivait pas à colmater la fuite d'un puits de pétrole sous-marin ? L'homme est d'une inconséquence invraisemblable.

Nous arriverons un jour au bout de nos ressources. C'est le drame de *l'over-fishing* et c'est un drame planétaire. On pêche de plus en plus de poissons. Les tonnages croissent de façon régulière parce qu'on explore des fonds nouveaux, avec des matériels toujours plus perfectionnés. Les Russes et les Japonais notamment dépassent toute mesure dans ce domaine et sur toutes les mers. Déjà on constate une diminution de la taille moyenne de certains poissons. C'est dire qu'on a atteint pour eux le point où la croissance est compromise. De fait, on constate déjà qu'en un siècle 311 espèces animales ont disparu et que 982 sont en danger. Ces chiffres sont d'une éloquence dramatique. Une espèce, comestible ou non, est un bien collectif, un patrimoine commun auquel il est criminel de toucher sans raison grave. L'homme est devenu un primate fou.

On a tenté une série d'accords partiels, par régions, par engins (visant par exemple à réglementer la dimension des mailles des filets). Mais tous les pays ne souscrivent pas ces accords, ou ne les respectent pas. La Russie et le Japon par exemple font le désespoir de la Commission baleinière internationale. Il y a somme toute peu de chance d'éviter le pire, car l'homme n'est pas capable de raison.

ÉNERGIE

Pourtant, l'humanité aurait intérêt à se manifester assez rapidement, ne serait-ce que dans le domaine du gaspillage énergétique auquel nous assistons. Personne n'a suffisamment conscience du fait que la planète est un système clos. Nous vivons sur un stock d'énergies emmagasinées, dont la quantité est limitée. À part l'énergie solaire (qui est d'ailleurs à l'origine de nos réserves), la Terre ne reçoit rien qui puisse l'enrichir d'une façon notable. Or la règle est sans exception : lorsqu'on vit sur les réserves, elles finissent toujours par s'épuiser – surtout si on les consomme immodérément.

ENGAGEMENT

Sans doute trouvera-t-on normal qu'une conviction ne demeure pas suspendue entre ciel et terre mais tende à s'incarner : que vaudrait la théorie sans la pratique ? Et c'est pourquoi je me trouve avoir adopté certaines règles de vie, simples, discrètes, mais significatives, telles que l'abstinence de toute boisson alcoolisée, de tabac et de viande, complétées par un jeûne hebdomadaire de 24 heures, habitude acquise à la suite des jeûnes islamo-chrétiens organisés pendant la guerre d'Algérie par Louis Massignon, et dont les bienfaits sont également physiques dans un monde notoirement adonné aux excès du manger et du boire.

Naturellement, l'action ne restera pas théorique et évoquera pour chacun d'entre nous bien des souvenirs, par exemple, en ce qui me concerne : une promenade en car de police assis entre Lanza del Vasto et Massignon pendant la guerre d'Algérie, un joyeux séjour dans la cage grillagée du commissariat de la rue Thorel après une manifestation en faveur des objecteurs, le grillage de la centrale de Creys-Malville défendu à coups de grenades, les immenses rassemblements d'été sur le causse du Larzac, ce sac postal que

Jean Rostand et moi-même avons traîné sur le trottoir jusqu'à l'Élysée bourré de protestations contre la bombe atomique ou ces témoignages devant les tribunaux correctionnels en faveur de prévenus inculpés d'injures envers l'armée, de renvoi de livret ou d'insoumission.

S'exprimer sans souci de plaire aux puissants du jour – et souvent d'un jour – c'est nécessairement risquer d'avoir, à l'occasion, maille à partir avec la vigilance des gardiens de l'orthodoxie régnante. Pour avoir déclaré dans un journal catholique de Dakar que « quoique fonctionnaire, je me considérais comme un homme libre », j'ai été convoqué, puis chapitré à Paris, et à la suite du « manifeste des 121 ». On m'avait relevé un certain temps de mes fonctions de directeur de l'Institut français d'Afrique noire.

Ennui

On ne se sera pas ennuyé sur terre en tout cas. Dire qu'il y a des gens qui s'ennuient ! C'est incroyable, c'est inconcevable ! Quand on pense à tout ce qu'on voudrait voir, lire, entendre. Il y a beaucoup de malheureux qui s'ennuient, c'est triste !

Environnement

Le terme environnement est aujourd'hui utilisé partout, à tort et à travers, sans qu'on ait songé à en préciser le sens exact, la véritable signification.

Personnellement, j'avoue que j'hésite à l'employer et pour plusieurs raisons : d'abord, ce mot est en réalité la traduction en anglais du mot français « milieu ». Mais il y a plus grave. On ira, à la limite, parler des quais du métro comme d'un environnement et, d'une façon générale, tout le discours et presque toute la pratique concernant l'environnement ont fini par prendre un aspect largement, voire exclusivement anthropique : il s'agira donc essentiellement, loin de considérer la nature comme un tout devant être globalement protégé, d'une simple collection de recettes pratiques destinées à pallier un certain nombre de méfaits majeurs de l'activité humaine.

ERMITE

L'ermite lui-même ne peut et ne doit oublier qu'il appartient à une biocénose, comme dirait le naturaliste, et quand il refuserait de n'être plus, au sein de l'humanité termitière, qu'un matricule ou une carte d'identité plus ou moins « informatisée », son appartenance à une collectivité n'en restera pas moins évidente. S'il est seul, à bien des égards, il reste cependant solidaire, et s'il récuse la raison d'État, la violence d'État ou le mensonge d'État, le pouvoir n'oubliera pas le citoyen récalcitrant, car il n'apprécie guère les francs-tireurs, inclassables dans les catégories habituelles prévues par ses fiches et ses dossiers, et devenus, de ce fait, un tantinet scandaleux.

ESCLAVAGE

Le mot « esclavage » dans la langue courante conserve une acception très étendue et il est des esclavages qui, sans répondre à la définition juridique du mot, n'en sont pas moins réels. Il y a en France encore bien des esclaves à délivrer d'un maître cruel ; ceux de l'alcool par exemple. Mais c'est d'un autre esclavage qu'il s'agit ici. Celui défini par les

Conventions internationales de 1926 et 1956 : la condition d'une personne assimilée juridiquement à une chose. Ainsi voit-on le droit malékite énumérer comme constituant la catégorie des biens Ard : « les esclaves, les immeubles, les vêtements, les céréales et le bétail ».

Il existe aussi des formes marginales assimilables, *sensu lato*, à l'esclavage et pas seulement en Afrique et au Moyen-Orient; ni l'Asie ni l'Amérique du Sud ne sont indemnes. On estimait, en avril 1968, qu'au moins trente pays du monde étaient victimes de l'esclavage « ou de l'une des institutions interdites par la Convention de 1956 ». Récemment, le professeur René Dumont soulignait que le déséquilibre créé dans certains pays en voie de développement non seulement favorise parfois une recrudescence de l'esclavage, mais aussi engendre de nouvelles formes, plus insidieuses encore, de para-esclavage. Ne soyons donc pas étonnés outre mesure d'apprendre par la presse qu'un trafic particulièrement odieux d'enfants péruviens ait pu être dénoncé en décembre 1965, qu'en mai 1967 la police du Pakistan ait découvert deux camps où vivaient dans un véritable état d'esclavage cent soixante et onze jeunes gens, qu'à la fin de cette même année une commission d'enquête colombienne ait signalé que, dans une zone proche du Brésil, les Indiens étaient l'objet d'une exploitation inhumaine de la part de leurs « propriétaires ». Nous multiplierons les cas. N'oublions pas d'autres aspects du mépris de la personne humaine; ceux, par exemple, qu'implique nécessairement la pratique de l'apartheid sud-africain.

Mais revenons à l'esclavage proprement dit.

Multiforme, il serait dangereux de se le représenter sous l'aspect d'une plantation aux Antilles ou en Louisiane (comme sur les images du XVIIIe siècle). À côté de la traite, c'est-à-dire de l'exportation d'un bétail humain, il y a, en Afrique et en Asie, l'esclave attaché, sa vie durant, à la famille de son maître.

Prenons comme exemple de l'évolution de l'esclavage une région déterminée d'Afrique, le Sahara. De temps immémoriaux et jusque dans la seconde moitié du XIXe siècle, une traite active sévissait à travers le désert, du Soudan vers l'Afrique du Nord, soit pour le marché local, soit pour la réexportation sur le Levant, la Turquie, les Balkans. Affreux voyage que celui de ces caravanes d'esclaves traversant à pied le désert et y subissant des pertes évaluées parfois à 20 % de l'effectif. Fondée en 1859 à Londres, l'Anti-Slavery Society va lutter activement pour la suppression de cette traite. Néanmoins, il faudra beaucoup de temps pour obtenir localement un résultat définitif : si Tunis avait déclaré l'esclavage illégal dès 1846, il faut attendre 1889 pour que la Turquie décrète la mesure à l'égard de ses possessions d'Afrique du Nord. Il serait d'ailleurs naïf d'imaginer qu'une institution aussi solidement établie disparaisse au lendemain de la promulgation d'un texte de loi. De son côté, la colonisation européenne n'obtiendra pas – et parfois ne cherchera pas à obtenir pour des raisons politiques – de résultats décisifs. Ici encore, théorie et pratique pourront diverger quelque peu. En veut-on un exemple ? Un représentant en uniforme (donc officiel) de la civilisation occidentale pouvait, le 16 décembre 1893, écrire à ses parents, du fond de l'Afrique soudanaise : « Quelque monstrueux que cela puisse vous paraître, nous faisons des captifs et des captives, nous en prenons pour nous et nous en donnons à nos soldats, à nos employés, à nos amis, même nous en vendons quand il faut de l'argent pour se procurer des bœufs, des chevaux ou autre chose d'analogue. Et cela, ici, est aussi naturel, aussi nécessaire que de manger et respirer… [...] La suppression de l'esclavage est une folie, une monstruosité [...]. Ces gens-là sont faits pour servir, comme un bœuf pour être mangé. »

Mais ceci, c'est l'histoire et nous avons à nous occuper du présent. Ceux qui entendent lutter pour la disparition de l'esclavage dans le monde doivent se garder de certains écueils. Par exemple, pour éviter de se voir confondus par leurs adversaires qui ne manquent pas, même en Europe, il leur faut veiller à la qualité de leur information. Quelques journalistes, insuffisamment scrupuleux, certains esprits généreux, mais mal documentés, ne rendent pas service à cette cause en propageant des récits invraisemblables.

Ainsi, pour en revenir à l'exemple du Sahara (région que j'ai choisie parce que je la connais particulièrement, et non parce que je vois en elle – tant s'en faut – le principal bastion de l'esclavage contemporain), il est aujourd'hui absurde de parler de la traite traditionnelle commerciale ; elle n'existe plus. La caravane d'esclaves appartient au passé et il n'y a plus depuis longtemps de marchés aux esclaves sur les places des villes soudanaises, sahariennes ou nord-africaines. Seuls des faits individuels de vente ou de transport peuvent encore se produire çà et là. Mais bien entendu de la façon la plus discrète et sans attirer l'attention des pouvoirs publics.

Les esclaves sahariens, dont le nombre est d'ailleurs impossible à évaluer, sont souvent domestiques dans le campement du maître, ou bergers de ses troupeaux, parfois dans le Sud en particulier, cultivateurs… il arrive même que, salariés de quelque entreprise (un rapport de l'Anti-Slavery Society ou du Conseil économique et social des Nations unies signale que des esclaves travaillèrent à la construction d'une base atomique française), ils deviennent pour leur maître d'un fructueux apport. Il faut le dire, parce que c'est vrai, qu'ils sont très rarement maltraités, vivant près de leur maître dans des conditions d'austérité comparables, subissant les mêmes fatigues, les mêmes vents de sable, les mêmes soleils torrides, couchant comme eux sur une peau ou sur une natte.

Ceci n'empêche pas que l'existence même d'un statut servile [...] demeure intolérable. [...]

Certes, l'esclavage, s'il peut rester florissant en fait, a été supprimé en droit et donc, les esclaves sahariens ont le droit, en s'adressant à l'administration, de réclamer et d'obtenir leur affranchissement. Pourquoi, dans ce cas, ne le font-ils pas tous ? Pourquoi reste-t-il tant d'esclaves ?

Ici, intervient d'abord, si surprenant que cela puisse paraître à certains, un facteur psychologique. Pour beaucoup d'esclaves sahariens et non sahariens, sans doute, le conditionnement mental héréditaire et séculaire est devenu si total que l'individu de condition servile ne parvient pas à imaginer que sa situation puisse changer et qu'il puisse accéder à la liberté.

En outre, pour nombre d'esclaves, éloignés des lieux d'embauche d'une main-d'œuvre salariée et des possibilités d'activités agricoles autonomes, l'affranchissement peut présenter des risques matériels tels que la servitude apparaisse dès lors comme l'assurance d'être inséré dans une structure sociale fonctionnelle et, à ce titre, d'avoir au moins chaque jour à manger. Ainsi ne sera-t-on pas surpris de voir, bien loin du Sahara, un esclave d'Arabie Saoudite avouer à un voyageur allemand que la condition d'un homme libre, pauvre, dépourvu de la protection d'un bon maître, est pire que la sienne.

Supprimer l'esclavage, ce ne sera donc pas obtenir des États intéressés les mesures législatives et administratives voulues et, ce qui n'est pas moins nécessaire – quoique plus difficile –, leur application, mais encore accélérer l'évolution socio-économique (déjà en cours au Sahara, plus ou moins lentement selon les régions). Elle seule rendra d'elle-même désuète, inutile, caduque et alors moralement condamnable, l'existence de l'esclavage.

[...]

Dès qu'un problème présente des aspects internationaux, sa solution implique des accords entre les États. Il y a cependant assez peu d'exemples d'une question rapidement et adéquatement réglée par un accord international : dès que l'intérêt, le préjugé ou la tradition sont en cause, on découvre que le plus beau texte juridique risque de demeurer très partiellement appliqué, s'il dépasse le niveau moral moyen d'une société.

Les textes sur l'esclavage n'ont pas manqué : plus de trois cents conventions de 1830 à 1890, date de l'Acte de Bruxelles. Celui-ci devra sa relative efficacité à la création d'un organe d'exécution : le Bureau de l'esclavage. Pour reprendre l'action de ce bureau, la Convention de l'esclavage (1926) disposera, à partir de 1932, d'un Comité consultatif permanent d'experts. Après la Seconde Guerre mondiale, il va falloir reprendre la lutte et, en 1956, est acceptée une Convention supplémentaire sur l'esclavage. Aujourd'hui, 69 membres de l'ONU sur 124 l'ont ratifiée. Qu'attendent les autres ?

En 1963, l'ONU nommait un rapporteur spécial sur l'esclavage, le docteur Mohamed Awad (République arabe unie), à la courageuse activité duquel il convient de rendre hommage. À la session de 1965 du Conseil économique et social, un premier rapport du docteur Awad a été partiellement discuté ; malgré les efforts de quelques pays (dont l'Union soviétique et la France), le rapporteur demeurait chargé de poursuivre son enquête et de formuler des suggestions pour l'action future dans le domaine de l'esclavage.

Le Conseil économique et social devait, à nouveau, discuter le rapport du docteur Awad en juillet 1966. Contrairement à toute attente, il rejetait la proposition de mise en place d'un dispositif permanent enfin capable de veiller à ce que les stipulations des Conventions contre l'esclavage, signées par les États, soient l'objet partout d'une application constante. Il se contentait de confier la question de l'esclavage à la Commission des droits de l'homme.

Ce très rapide exposé de la manière dont le problème de l'esclavage a été abordé à l'ONU montre que sa solution n'est pas simple, ici non plus. Il y a, et il y aura, de la part de nombreux pays, des résistances. Les uns parce qu'ils savent bien, même lorsqu'ils répugnent à le reconnaître, ce qui se passe couramment encore chez eux, les autres parce qu'ils ont de bonnes raisons de ne vouloir en rien déplaire aux premiers et que, pour beaucoup de nos modernes Machiavel, un douloureux problème humain et moral, cela pèse peu en face d'une fructueuse adjudication à enlever, d'une complicité à obtenir, d'un potentat à ménager...

Mais nous, nous ne tiendrons jamais l'esclavage pour l'une de ces simples « bavures » auxquelles l'homme d'État se résigne si aisément. Étrangers aux habiletés et aux marchandages des puissants de jour et du jour, nous dénonçons sans détour une des plaies les plus profondes de notre monde moderne, si fier pourtant de ses réussites mécaniques. À considérer une humanité qui pratique toujours la torture, l'esclavage, la guerre, nous nous demandons s'il n'eût pas été plus urgent et plus raisonnable, avant d'aller promener à travers le cosmos nos drapeaux et nos armes, de rendre la Terre habitable et d'y libérer les esclaves de quelque nature que soit leur servitude. Mais notre détermination obtiendra des pouvoirs publics, jusqu'ici trop souvent enclins à n'envisager le problème de l'esclavage que dans le climat glacial et inhumain de certaine diplomatie, que soient enfin décidées et appliquées des mesures courageuses et efficaces.

Il y a des textes anonymes et froids, des juristes : c'est une chose. Mais il y a AUSSI, et c'en est une autre dramatique et réelle, la peine des hommes, celle, plus intolérable encore, des enfants dont les larmes pèseront peut-être plus lourd dans les « balances de l'Éternité » que l'orgueilleux tonnage de nos fusées et de nos bombes.

On retrouvait, il y a peu d'années, dans les solitudes du Sahara central, une petite esclave noire de cinq ans, toute seule, souffrant déjà de la soif. Elle s'était enfuie pour tenter de rejoindre sa mère dont on l'avait séparée. Il n'y a rien à ajouter à vos méditations. Cette image est, je crois, assez poignante pour vous empêcher désormais d'oublier ce qu'est, aujourd'hui encore, l'esclavage.

ESPOIR

Il y a une montagne unique que nous gravissons par des sentiers différents… mais avec l'espoir, nous nous retrouverons un jour, tous ensemble, dans la Lumière, au-dessus des nuages. On a le droit d'espérer. J'espère… oui, j'espère.

Je ne suis pas un « sachant », je suis un « espérant ». Je distingue affirmer et croire ou espérer; je pense qu'il est très important d'apprendre à avouer qu'on ignore. Je n'ai que respect pour l'usage de la raison dans le domaine de la foi, pour ces cathédrales de la pensée qu'ont bâties les théologiens, mais ce n'est pas pour moi la Vérité avec un V majuscule. Saint Thomas d'Aquin n'a pas proclamé la Vérité, Athanase non plus. Si plus tard nous avons accès à une autre « économie », peut-être saurons-nous des choses. Mais pour l'instant, je ne sais pas… Je ne sais pas, par exemple, ce qui va se passer quand je passerai sur l'autre rive. Ce sera la surprise. Mais j'espère, au moins pour une raison, en une vie future : pouvoir réparer les erreurs qu'on a commises dans celle-ci, et pouvoir demander à ceux qu'on a blessés de nous pardonner. Cela seul en vaudrait déjà la peine.

Être

Si « tout est dans tout » – et réciproquement, précisait un humoriste – dans l'univers, et si autour de la pierre tombée dans l'eau des cercles centrifuges se propagent à l'infini, rien d'étonnant à ce que le centre reçoive, de son côté, les trains d'ondes d'un rayonnement centripète. Notre être profond reçoit sans cesse, et absorbe les stimuli extérieurs qui en nourrissent la substance et en infléchissent les comportements : ces sources d'inspiration rencontrées par hasard – au moins en apparence – ou sciemment recherchées, qui oserait tenter d'en dresser la liste ?

Eupraxie

Oui, je suis « pré-nicéen », je serais plutôt arien, car j'ai beaucoup de peine à considérer que le rabbi Leshuah de Nazareth soit la deuxième hypostase de la Trinité et le pantocrator de l'iconographie byzantine. Je crois qu'il était autre chose et peut-être beaucoup plus qu'une affirmation dogmatique et philosophique. Il est parfaitement légitime d'appliquer la philosophie à tout. Mais ce que je conteste, et les protestants libéraux avec moi, c'est la prétention de l'orthodoxie à avoir acquis le droit de préciser et de fixer pour l'éternité telle ou telle affirmation intellectuelle. C'est pour cela que le protestantisme libéral, dans bien des cas, attachera beaucoup plus d'importance à la rectitude de la conduite (eupraxie) qu'à l'adhésion intellectuelle à un catalogue de propositions dogmatiques, considérées pour l'éternité comme représentant le contenu de la foi chrétienne.

Évangiles

Ce que nous croyons, c'est que l'Évangile contient une révélation définitive, non pas nécessairement dans les virgules ou les « iotas » [la plus petite lettre de l'alphabet grec, *ndlr*] du texte, mais dans l'esprit du texte. On remarque aisément que tout n'est pas dans l'Évangile. Il y a des problèmes qui n'y sont pas traités : rien contre la guerre, la torture, l'esclavage ou la cruauté envers les animaux, mais personne n'oserait prétendre que l'esprit des Béatitudes ou du Sermon sur la montagne n'exige pas que ces combats ne soient ardemment livrés par l'homme d'aujourd'hui, au nom même de l'Évangile, même si les mots eux-mêmes ne sont pas prononcés dans la révélation évangélique. L'esprit de cette révélation débouche directement sur la condamnation de ces horreurs. Des points non mentionnés spécifiquement dans l'Évangile méritent pleinement notre adhésion et les efforts que nous pouvons tenter pour améliorer dans cette direction la condition humaine, même si, jusqu'à présent, elle ne paraît pas très disposée à sortir de la préhistoire.

Les Évangiles sont – croyez-en un vieil habitué du désert ! – notre source la plus précieuse. Chaque jour, je récite les Béatitudes, comme on rêve à une utopie, si on définit l'utopie non pas comme « l'irréalisable » mais comme ce qui n'est pas encore advenu. Certains, qui comparent la radicalité de l'Évangile avec ses maigres résultats concrets après deux mille ans d'histoire, sont tentés d'en déduire que le christianisme a échoué. Je pense, quant à moi, qu'il n'a pas encore été sérieusement essayé… sauf par quelques êtres exceptionnels qui nous ont ouvert la voie, en vivant radicalement la folie de la foi. Les moines de Tibhirine étaient de cette race…

EXPLORATEUR (LE NÉCESSAIRE D'UN)

En novembre 1934, j'ai accompagné à Taoudeni la grande caravane du sel. Dans le Tanesrouft nous n'étions que deux Européens et trois indigènes. Quant aux chameaux, leur nombre dépend de la distance à franchir.

En quittant Tindouf, à Noël 1935, pour un parcours de 2 000 kilomètres, nous emmenions sept chameaux.

Quant aux bagages, ils ne sont pas compliqués : mes burnous, une djellaba marocaine (c'est une tunique en laine ou en poil avec des demi-manches et un capuchon), des sandales en peau d'oryx, l'antilope du Sahara méridional, ou encore en peau de pneu d'auto, très utilisés par les indigènes et inusables, un *mongech*. Il s'agit d'une pince à enlever les échardes, indispensable à tout va-nu-pieds en pays épineux. Une petite théière d'étain, un quart, une marmite, une bouilloire, deux assiettes de fer battu, une cuillère (pas de fourchette, à quoi bon ? c'est un engin de carnivore), un trépied en tringles à rideaux pour suspendre le chaudron, une petite outre à beurre fondu, des sacs de cuir pour le blé moulu, le gruau d'orge, le riz, les dattes sèches, les arachides ; enfin les peaux de bouc pour l'eau.

Ensuite, tous les instruments et outils nécessaires pour les recherches scientifiques, depuis les punaises et les crayons jusqu'aux thermomètres-frondes, sans oublier le matériel photographique, la chambre claire pour dessiner, et tous les emballages, caisses, sacs, boîtes, etc., pour les échantillons géologiques, l'herbier, et tout ce qu'il faudra soigneusement empaqueter pour le ramener en bon état pour les collections du Muséum.

Tout cela est très simple, mais la liste de ce qu'on emporte doit être préparée avec un soin extrême. Si quelque chose manque par la suite, pas moyen d'y remédier : la boutique la plus proche, où l'on pourrait trouver un bout de ficelle, est à 500 kilomètres !

Exploration marine

D'abord, et malgré les apparences, les mâts de cocagne, les escarpolettes, les ascenseurs et la tour Eiffel, nous vivons, en toute humilité, dans deux dimensions, aussi plats que cochenilles sur feuille ; êtres rampants et adhésifs, nous collons au sol, et nos escalades montagnardes ne nous ont pas arrachés du substratum : il y avait une petite bosse sur la feuille, et voilà tout. L'oiseau et l'avion, eux, décollent bien un peu, mais pas pour longtemps. Dès la terre quittée, la faune se raréfie et, très vite, disparaît : un peu de « plancton » aérien, quelques insectes, quelques graines, du pollen et des spores, puis plus rien. Aussi les explorateurs des hautes altitudes n'emmènent-ils pas de biologistes.

La couche habitable, et habitée, est donc sans épaisseur : quelques mètres, en gros. Mettons vingt, pour tenter la comparaison avec le volume des mers. Celui-ci est d'environ 1 370 millions de kilomètres cubes, celui de la lame d'air accueillante aux respirations trachéennes ou pulmonaires de 3 millions seulement, soit 450 fois moindre. C'est-à-dire que la biosphère, réduite sur terre à une mince pellicule, à un fragile vernis que peuvent détruire un peu de cendres volcaniques ou une inondation, s'épaissit soudain avec l'eau salée, truffée de bestioles et de bestiasses de la surface à des profondeurs d'un nombre respectable de kilomètres.

De plus, on est ou non dans la mer. Mais, une fois qu'on y est, tout communique. Et le petit crabe qui vous chatouille les orteils sur la plage pourrait aisément, que l'envie l'en prenne – sait-on jamais avec ces gens-là ? – et sans quitter l'océan natal, gagner les abîmes et, godillant quelques menus siècles sur les boues rosées des grands fonds, atteindre un jour les 10 830 mètres de la fosse de Mindanao, aux Philippines. L'énorme masse océanique est d'un seul tenant.

Deuxième remarque : il y a bien des bêtes dans la terre, des taupes, des lombrics, une foule d'insectes endogés, et les animaux cavernicoles des grottes. Mais c'est l'exception : ces dissidents sont peu nombreux et, pour curieux soient-ils aux yeux du zoologiste, demeurent sans influence sur l'opinion publique continentale ; celle-ci se crée en surface, là où il y a vraiment du monde, et du monde comme il faut, qu'on voit et qu'on peut endoctriner, questionner, mystifier, dénombrer.

[...]

C'est irritant, mais c'est comme ça. On sait bien que la maison est vaste, et peuplée de la cave au grenier, et pleine de belles choses, mais nous voici tout juste admis à nous promener sur le toit.

Et un toit très modérément hospitalier, et redoutablement étanche à nos tentatives de pénétration sous-marine.

La cloison qui sépare le monde des poumons de celui des branchies est d'une efficacité quasi diabolique. Au point que l'impénétrabilité de l'homme dans l'eau est devenue proverbiale : l'impossible pour l'homme, c'est, par définition, la plongée profonde. L'*Odyssée* le constate déjà : « Et qui est-ce qui pourrait se tenir longtemps couché auprès d'un monstre marin ? » Question à laquelle fait écho le Seigneur, bousculant de ses questions projectiles un pauvre Job qui n'en peut mais : « Es-tu descendu jusqu'aux sources de la mer ? T'es-tu promené dans la profondeur de l'Océan ? » Sous-entendu, évidemment : « Non ? donc, silence dans le rang. »

L'inaccessible, donc le mystère, au seuil duquel se dresse, impérieux, un péremptoire écriteau :

« Fond de la mer. Sens interdit. *Off limits*. »

C'est un axiome, c'est définitif : on ne passe pas. Il s'y faut donc résigner, et Wallich parlait en 1862 de ces mers profondes « à jamais interdites au regard de l'homme, mais que peut cependant pénétrer l'intelligence humaine ».

On se console donc comme on peut, en explorant en pensée les abîmes, procédé pittoresque, agréable même, sans grands périls, ce qui n'est pas non plus à dédaigner, mais tout de même un tantinet théorique : y réfléchir est bien, y aller voir serait, n'est-ce pas, mieux encore.

Ce qui est plus vite dit que fait, à en juger par le nombre de siècles qu'aura nécessité la construction, plus encore que l'invention, des engins modernes de plongée, scaphandres, sous-marins ou bathyscaphes.

[...]

Je préfère avouer que notre connaissance des grands fonds et de leur faune est encore, me semble-il, nécessaire pour trois raisons : politesse – concupiscence – prévoyance.

Politesse : locataires arrivés d'hier dans un appartement gracieusement prêté, et peut-être provisoirement hébergés, il serait mal gracieux vis-à-vis du propriétaire de nous terrer – au vrai sens du mot – dans un tout petit coin des locaux mis à notre disposition sans tenter au moins de visiter tout l'immeuble, cave – puisqu'il y en a une – comprise, et même si elle est un peu inondée. Concupiscence : les papillons, les corbeaux, les tilleuls et les punaises des bois, c'est évidemment très curieux, très louable et très pittoresque. Mais avouez que c'est un peu lassant. Il doit y avoir autre chose de différent, sans pollen, sans ailes, sans feuilles, sans plumes : la capucine à longueur de siècle, ça devient vraiment monotone. Et, puisqu'il existe un monde inconnu, il vaut la peine, grandement, d'aller voir.

Enfin, prévoyance : l'un des hommes qui a pensé à l'histoire de la terre avec le plus de pénétration et de poésie croit à un océan primordial, à une Panthalassè antérieure à toute terre ferme. Mais il croit aussi que cette terre ferme, si solide qu'elle puisse paraître à notre optique de pucerons éphémères, n'est elle-même qu'une courte parenthèse et, tendant inlassablement à trouver une figure d'équilibre, est destinée à s'endormir un jour d'un sommeil peut-être définitif sous le manteau d'un océan désormais sans rivages.

Bien que les « milieux généralement bien informés », comme l'on dit, donnent cette éventualité pour probablement lointaine, ne sont-ils pas sages, en prévision de ce jour, ceux qui se livrent dès maintenant à des explorations qui, loin de constituer, comme elles peuvent à certains le paraître, de vaines acrobaties, seraient, au contraire, un peu en avance, sans doute, mais en toute rigueur, des exercices de sauvetage ?

Explosion démographique

Pour l'instant, on peut dire que la croissance de l'homme – et de façon générale, le bonheur de l'homme – me paraît menacé par un certain nombre de dangers. J'en vois trois en gros, qui sont les principaux. Il y a d'abord, et tout le monde le sait, l'explosion démographique, qui est la pollution numéro un. Ce lapinisme galopant ne peut pas durer indéfiniment, il n'y aura pas de place, matériellement, pour tous les êtres humains dans quelques centaines d'années si leur reproduction se poursuit au rythme actuel. Un physicien anglais a fait un calcul pour s'amuser : savoir combien il y aurait d'êtres humains au mètre carré dans un certain nombre de siècles. C'est un calcul stupide, ce n'est pas possible, matériellement. Il ajoutait d'ailleurs, ce qui est assez amusant, qu'on arriverait quand même à loger tous ces gens en recouvrant la planète – je dis bien la planète et pas les continents – d'un seul immeuble qui n'aurait que deux mille étages ! À ce moment-là, tout le monde serait heureux, mais il paraît que ça poserait des problèmes thermiques extraordinaires, cette juxtaposition de mammifères dans un immeuble géant ! Donc, l'explosion démographique, bien sûr.

F

Fin

Les « raisonnables » me reprocheront de dramatiser et peut-être aussi de manquer du sens des réalités pratiques : dans nos structures sociales actuelles, fondées sur la primauté du profit, dans un système politique enlisé au stade de nations faisant encore passer prestige et intérêt avant la justice et la fraternité, peut-on faire mieux ? Peut-on, par exemple, unir les hommes autour d'un programme de lutte contre les calamités naturelles, ou pour la sauvegarde des ressources et des valeurs naturelles sans renoncer aux bonnes vieilles traditions héritées de l'âge du bronze ou même de plus archaïques barbaries ?

Peut-être pas. Certainement pas. Mais alors, soyons honnêtes, soyons lucides. Ou bien l'homme acceptera vraiment de se réconcilier avec la nature, avec tout ce que cela doit signifier, ou bien il poursuivra, mais cette fois sciemment, sa marche au suicide. Il va donc falloir choisir entre les deux termes de l'alternative : l'un ou l'autre. *Tertium non datur.*

C'est toute l'humanité placée maintenant devant une option décisive, celle que porte la devise des sapeurs-pompiers : sauver ou périr.

Saura-t-elle :
1) choisir la vie et,
2) répondre à temps ?

Foi

De façon générale [...], il n'y a pas de conflit pour moi entre la foi chrétienne et les données scientifiques dont je m'occupe. Je ne vois pas très bien sous quelle forme ce conflit pourrait naître, sauf si nous en venions à attribuer aux récits bibliques une compétence qu'ils n'ont pas et qu'ils ne cherchent pas à avoir. Les récits de la Genèse, poèmes de l'origine, ne sont pas uniques : il y en a plusieurs. Il y a au moins deux versions, peut-être une troisième, mais ces récits sont destinés à nous donner des commentaires religieux sur ce que l'homme peut deviner ou interpréter quant aux origines de la Terre, du monde et des êtres vivants. Mais ils ne prétendent pas avoir, dans ce domaine-là, une compétence scientifique que manifestement les auteurs de ces textes ne pouvaient pas avoir à l'époque où ils écrivaient. Ce sont des poèmes qui ont une grande importance, au point de vue religieux, mais ils ne peuvent pas être, et ils ne sont pas des traités de l'histoire de la Terre ou de la paléontologie qui était totalement ignorée jusqu'à une époque extrêmement tardive.

Dans les premiers siècles de l'ère chrétienne encore, les Pères de l'Église avaient imaginé que les animaux n'avaient été créés que pour l'utilité ou le plaisir de l'homme : ils ignoraient bien entendu, et on ne leur en veut pas, les distances temporelles des dinosauriens, des trilobites et des ammonites. Aujourd'hui, nous connaissons les distances de ces énormes groupes animaux qui nous ont précédés de très loin et qui nous succéderont peut-être, le jour où l'homme aura disparu.

Fourrure

Elle est belle sur la bête, elle est bête sur la belle.

Frugalité

Il faut respecter le désert, en respecter l'habitant, les animaux, et en écouter les leçons. Il nous apprend une très grande simplification de la vie. Ici, on est submergé de superflu dans tous les domaines. On découvre que l'homme peut vivre avec très peu de choses et se bien porter. La vie est extrêmement frugale.

G

Gaspillage

Sans doute l'expansion démographique est-elle en cause. Mais le danger qu'elle constitue devrait précisément nous inciter à ne pas l'aggraver par un gaspillage tout à fait ridicule. Pensez-vous qu'on puisse justifier l'invention et la vente de couteaux à moteur électrique pour couper le pain à table ? N'est-ce pas là un « progrès » grotesque – alors qu'il est si simple, symboliquement si émouvant de « rompre le pain »… ou plus prosaïquement raisonnable de se contenter d'un couteau ? Au rythme actuel du développement démographique mais surtout au rythme actuel de la multiplication des gadgets, l'épuisement des ressources de la planète est fatal.

Guerre

Je me demande si l'homme est intelligent. Pour inventer des mécanismes, oui. Depuis deux mille ans, je ne vois pas de progrès moral. Il y a eu des progrès matériels considérables, malheureusement très souvent dans la direction la plus mauvaise. S'il s'agit de perfectionner des instruments de mort, de destruction, l'homme est très fort et ça l'amuse beaucoup, dirait-on : il fait cela avec gourmandise. C'est peut-être un cas de folie, tout simplement ! Il y a un proverbe latin bien connu : *Quos vult perdere Jupiter dementat* (ceux dont Jupiter a décidé la perte, il les précipite dans la folie). Or, ce que nous faisons actuellement est démentiel ! Recourir à la guerre en 1991 après l'avoir expérimentée depuis des milliers d'années et après avoir constaté les résultats auxquels on arrivait, c'est complètement fou ! Il faut essayer la paix, changer de système ! Les militaires répètent tout le temps un dicton romain. Stupidement : *Si vis pacem para bellum* (si tu veux la paix, prépare la guerre). Le vrai dicton est : *Si vis pacem para pacem* ! Il faudrait enfin proposer la paix, transformer le ministre de la Guerre en ministre de la Paix pour commencer courageusement le désarmement ! Après le temps des cavernes, il faut sortir de l'âge des casernes !

H

Hiroshima

En août 1995, à 93 ans, Théodore Monod observe comme chaque année un jeûne en commémoration des bombardements d'Hiroshima et de Nagasaki, devant le PC de Taverny, centre de commandement des forces nucléaires françaises.

Le massacre d'Hiroshima est une date dont il faut d'autant plus se souvenir que ce déluge de sang, de feu et de larmes représente une coupure majeure dans l'histoire de l'espèce humaine. Avant ce bombardement, nous vivions dans « l'ère chrétienne ». Depuis le 6 août 1945, nous avons basculé dans « l'ère nucléaire ». Je connais une association qui marque tous ses courriers et ses papiers de cette date-là. Nous sommes donc en l'an 50 après Hiroshima.

Je ne suis pas fier que ce soient des chrétiens, des baptisés, qui aient lâché la bombe. Le christianisme s'est terminé par une monstruosité inexpiable.

J'ai rencontré l'aumônier catholique qui a béni le bombardier et son équipage, le père Zabelka. C'était sur le Larzac. Il ne s'était pas rendu compte à l'époque de ce qu'on lui avait demandé de faire. Il m'a dit que, depuis, il s'était repenti. Il se rendait en pèlerinage à Jérusalem, à pied.

Être contre la bombe atomique, c'est nécessairement se positionner contre toutes les bombes. Toutes les armes sont condamnables. Mais l'arme atomique, c'est spécial. Un paroxysme. Il y a une grande différence entre les bombardements d'Hiroshima et Nagasaki et ceux de Dresde par exemple, qui furent aussi effroyables pour les populations civiles : le lendemain de ces bombardements « classiques », ce qui était mort était mort. Je le regrette bien sûr. Mais à Hiroshima et Nagasaki, les suites physiologiques et génétiques des bombardements ne sont pas toujours pas épuisés à ma connaissance. On continue encore à en souffrir. Atteindre ainsi une population dans son devenir me paraît proprement diabolique.

On a vu cette arme à l'œuvre et on continue à la perfectionner ! Si une guerre nucléaire se déclenche maintenant, ce sera mille fois Hiroshima. Comme on dit vulgairement, « on n'arrête pas le progrès ». Quel progrès ?

Il faut bien sûr poursuivre le moratoire sur les essais nucléaires et parvenir à une interdiction totale. Tant qu'on n'y sera pas parvenu, on vivra sous une menace permanente. Malgré la récente signature du traité de non-prolifération, on sait très bien que l'arme atomique est de plus en plus répandue depuis Hiroshima. Il y a les « puissances nucléaires officielles », mais aussi les officieux, et tous ceux qui la préparent malgré tout.

On entre dans une période périlleuse pour la vie à la surface du globe ; la vie humaine, mais aussi la vie tout court. Toute forme de vie est respectable.

Albert Schweitzer raconte que c'est en traversant un fleuve africain en pirogue, au milieu d'un troupeau d'hippopotames, qu'il a pris conscience de la nécessité du « respect de la vie ». Ce mot de « respect » peut paraître banal en français. Schweitzer a en fait parlé, en allemand, de *Lebens Ehrfucht*. Ça doit se traduire par « révérence devant la vie ». Attention, il ne s'agit pas non plus d'« adoration ». Mais je suis persuadé que si on adoptait cette règle comme base d'une nouvelle morale, ça changerait.

Aujourd'hui, l'homme ne veut pas sortir de la guerre. [...] Je sais bien que l'homme est en quelque sorte le « dernier-né » de la Création, qu'il a encore besoin de sortir de sa barbarie ancestrale et qu'il faut lui laisser le temps de « s'hominiser ». Mais avec la menace atomique, le temps presse. C'est maintenant qu'il faut prendre conscience de notre responsabilité. Dans mille ans, il scra trop tard.

Le peu qu'on peut faire, il faut le faire. C'est pour ça que chaque année, j'observe un jeûne à Taverny, devant le centre de commandement des forces nucléaires. Je sais bien que ce n'est pas notre petit groupe de quinze ou vingt jeûneurs qui va émouvoir les « crocodiles » qui nous gouvernent. Pourtant, nous appelons ça un « jeûne d'interpellation ». Nous espérons que notre attitude peut éveiller quelqu'un, l'amener dans la même direction qui nous semble bonne, et la seule possible. Il faut déshonorer la guerre, il n'y a pas de guerre juste. Si on était 200 000, ça aurait peut-être un autre impact. Sur la pancarte que je porte à Taverny, il est écrit : « La préparation d'un crime est un crime. » C'est reconnu du point de vue légal : si on établit lors d'un procès que vous avez participé à la préparation d'un meurtre, même si vous ne l'avez pas commis vous-même, vous pouvez tout à fait être condamné. Solange Fernex m'a dit que c'était une parole de Jean Rostand, je la crois sans hésiter. Je me rappelle les marches avec lui contre la guerre, contre le nucléaire, contre l'armée. Il n'a jamais molli. Albert Schweitzer non plus. C'est peut-être pour ça, pour ses positions radicalement pacifistes, qu'il n'a jamais été vraiment reconnu en France.

Nous sommes considérés comme des idéalistes, on nous traite d'« utopistes ». Il paraît même que ce serait une injure. Mais ce n'est pas péjoratif à mes yeux. [...] L'utopie d'aujourd'hui peut être la réalité de demain.

Histoire

Ne cherchons pas à dissimuler les ombres d'une histoire coloniale qu'il serait à la fois puéril, vain et malhonnête de vouloir métamorphoser en hagiographie patriotique : l'histoire, et les hommes qui l'ont faite, sont ce qu'ils sont. Et si nos dents sont agacées, ce sont trop souvent les raisins verts mangés par nos aïeux qui en sont responsables : il est bon et juste de le savoir.

Respecter l'histoire, c'est la respecter tout entière : aussi n'est-ce pas sans stupeur que l'on assiste en ce moment à la transformation d'un certain nombre d'hypothèses en dogmes qui seront peut-être demain l'orthodoxie africaine officielle. Je n'en citerai que deux, l'une accusant les Blancs d'avoir, par leur arrivée, interrompu la vertigineuse ascension des cultures africaines, l'autre qui impute à un substrat racial noir tout l'éclat de la civilisation pharaonique... Il y en aura d'autres, on peut le craindre.

Hominisation

Nous sommes tous en voie d'hominisation. On peut entendre ce mot selon différents points de vue. Les paléontologistes entendent ce mot dans un domaine strictement historique et anatomique. Ils suivent les phases de la transformation qui a mené nos lointains ancêtres à ce que nous sommes physiquement et anatomiquement aujourd'hui.

Ils suivent, par exemple, les phases de la station droite, conquête importante dans l'histoire de l'homme. La station droite a libéré la main. Les paléontologistes suivent la taille du cerveau et différents caractères qui sont actuellement ceux qui caractérisent le genre *homo*, genre auquel nous appartenons.

Mais on peut aussi entendre le mot « hominisation » à un autre point de vue, c'est-à-dire la sortie de l'homme de la préhistoire et de la barbarie ancestrale. Il est évident que nous sommes très loin d'être débarrassés des séquelles de notre préhistoire. L'homme actuel est encore tout englué de sauvagerie préhistorique : il continue à aimer la violence, à aimer le sang, peut-être même, je le crains, à aimer la guerre, dans certains cas. Il aime la brutalité, la domination, l'orgueil. Tout cela est largement un héritage de la préhistoire, alors que le devenir de l'homme serait d'aboutir à une autre stature, de devenir un Homme (avec une majuscule, cette fois), c'est-à-dire un homme délivré de sa barbarie ancestrale.

Il est un fait à noter : l'homme est tout jeune sur la Terre; d'une jeunesse prodigieuse pour le géologue; l'homme est né hier soir ou ce matin, ou même il y a quelques heures. L'image que j'utilise parfois est celle de l'obélisque de la Concorde. Si l'on admet que l'obélisque représente l'histoire de la Terre, si l'on met au sommet de l'obélisque un ticket de métro, ce ticket de métro représentera la période dite quaternaire au cours de laquelle l'homme s'est dégagé de l'animalité proprement dite et est devenu physiquement un homme. Si l'on met sur le ticket de métro un papier à cigarette, cela représentera la période au cours de laquelle est né l'homme moderne actuel, l'espèce géologique qu'on a appelée *homo sapiens*. Cette période de l'homo sapiens est pourtant de l'ordre de plusieurs millions d'années. Cette période nous paraît énorme, mais elle n'est énorme que dans une optique de puceron éphémère que nous sommes tous. Au point de vue géologique, cette période est un éclair. L'homme est extraordinairement récent. Par conséquent, si l'on considère à quel point l'homme d'aujourd'hui est encore soumis à ses instincts préhistoriques, on pouvait dire, jusqu'à présent : « Laissez-lui le temps de s'hominiser (domaine moral), de grandir, de renoncer à son goût du sang, de la violence, de la domination ; il va peut-être déboucher dans une ère nouvelle, fraternelle, pacifique. » On pouvait, à juste titre, dire cela jusqu'à présent. Mais maintenant que les menaces qui pèsent sur l'homme et même peut-être sur son existence se font sans cesse plus fortes (comme par exemple une guerre atomique généralisée), Hiroshima était un jeu d'enfant à côté de ce que nous préparent nos stratèges. On peut se demander si l'homme aura le temps de devenir sage avant de se détruire. C'est le problème actuel. C'est très grave.

Est-ce que l'homme saura renoncer à la barbarie et devenir sage avant de céder à la folie, à l'imprévoyance, à la stupidité ? Saura-t-il renoncer à courir à sa perte ?

Homme

Si nous sommes bien ce que nous prétendons être, un Primate qui ose se qualifier de *sapiens*, si nous sommes, par conséquent, des Hommes, alors – et tout le reste en doit découler – on devra reconnaître que ceux-ci : 1) ont avant tout besoin de savoir et de comprendre, 2) loin de subir passivement, comme l'animal, les injonctions d'un patrimoine instinctif, sont capables de réflexion et de choix, 3) tiendront toujours pour une mutilation arbitraire de leur nature spécifique la seule référence aux valeurs matérielles.

Ce n'est évidemment pas le lieu d'instaurer ici un débat sur le sens du mot « nature » et le problème de savoir si, par rapport à celle-ci, l'homme se trouve « dedans » ou « dehors » : en fait, il paraît à la fois *l'un* – par sa morphologie et une large part de ses comportements héréditaires – et *l'autre*, dans la mesure où il parviendra à échapper à un certain nombre des sujétions que subissent les autres êtres vivants. Et c'est à juste titre que l'on a pu dire de l'homme qu'il était « le seul animal dont la tanière s'éclaire le soir ».

On peut déceler, au cours de l'aventure humaine, différents stades dans l'évolution des relations de l'homme avec son environnement. Le premier est celui que j'appelle la « résignation » : l'homme fait partie d'une biocénose, un ensemble d'espèces vivant dans un milieu déterminé, et il s'y comporte en prédateur-récolteur, comme beaucoup d'autres primates. Il prélève sur la nature ce dont il a besoin pour se nourrir. Il est probablement déjà omnivore, alors qu'à ses débuts il était sans doute limité à des nourritures végétales (d'après le premier chapitre de la Genèse, le carnivorisme n'est intervenu qu'après le débarquement de l'arche de Noé). L'influence des hommes sur le milieu naturel est alors très peu de chose. Nomades, ils s'abritaient dans une caverne, sous un abri. La vie sédentaire est apparue plus tard. L'homme est un animal parmi d'autres animaux, et en concurrence avec eux.

Puis, le perfectionnement des techniques humaines a atteint un niveau tel qu'il s'est produit ce qu'on appelle la révolution néolithique. C'est la fin de la préhistoire, avec la domestication de l'animal, les céréales, la céramique, les industries de pierre déjà très perfectionnées. C'est enfin la possibilité de la vie sédentaire, et par conséquent la création de la ville, et qu'est-ce qu'une ville ? C'est un palais, une prison, une caserne et un lupanar : la civilisation, au sens où nous l'entendons, était créée. Et en réalité nous vivons encore au néolithique! Le principe, du moins, est le même. C'est la période que j'appelle l'« agression ». L'homme va procéder au défrichement, pour planter son maïs, son riz ou son sorgo. Il traite la nature comme une proie. Les Allemands ont un mot particulier pour cela, ils parlent d'une économie de proie : *Rauwirtschaft*. On n'a pas tellement perfectionné cette notion, puisque tout ce qui rapporte est légal, dans notre civilisation qui repose directement sur le profit et sur l'argent. C'est la phase où l'homme s'est mis à ravager la nature qui l'entourait, sans scrupule. D'ailleurs, si on se rapporte à la Genèse, chapitre 9, verset 2, on lit ce verset terrible sur lequel on ne prêche pas souvent : « Soyez la terreur des êtres vivants. » On a ergoté naturellement sur ce verset fort déplaisant : ce n'était peut-être pas un commandement mais une constatation (« il se trouve que vous serez la terreur des êtres vivants ») Mais la première partie du verset dit : « Croissez et multipliez. » Et ce commandement-ci a été bien suivi, à l'excès d'ailleurs. Je crains que « soyez la terreur des êtres vivants » n'ait été réellement inscrit dans la Torah. Cela pose le problème des relations entre l'homme et les autres êtres vivants : c'est l'origine de ce que j'appelle le mythe du « roi de la Création ». Le roi de la Création se comporte comme on le sait, avec rapacité et cruauté, même dans nos civilisations évoluées qui ont subi l'influence du christianisme…

Mais, justement, le christianisme, en ce domaine, n'a jamais été très éloquent. J'ai beaucoup cherché, parmi les textes des Pères de l'Église… Il y a eu Isodore de Ninive, qui a demandé qu'on prie pour les animaux en général, et même pour les reptiles! Mais Isodore de Ninive, nestorien du VIe siècle, est resté tout à fait isolé. Saint François d'Assise, même dans sa propre famille spirituelle, n'a pas été écouté. J'ai acheté un manuel du tertiaire de saint François : 400 pages et je n'ai pas trouvé une fois le mot animal ! C'est quand même singulier après le message qu'avait laissé le Poverello… D'ailleurs, on comprend un peu ce que craignent les théologiens traditionnels : tout ce qui tend à diminuer si peu que ce soit le fossé qu'ils ont voulu créer entre l'homme – le roi de la Création – et l'animal les gêne et les inquiète. Ainsi, dans la théologie traditionnelle, le problème de la souffrance des bêtes n'est pas traité. Ceci dit, j'ai découvert dans la *Dogmatique* de Barth des passages très forts sur les devoirs de l'homme vis-à-vis des autres créatures. Et puis il y a eu Albert Schweitzer, bien sûr, avec la définition de sa nouvelle Éthique : *« Ehrfurcht vor dem Leben »*, respect de la vie (mais *Ehrfurcht*, c'est plus que le respect au sens usuel du mot). C'est l'expression qui lui est venue, en 1915, à la vue d'un troupeau d'hippopotames sur le fleuve Ogooué. Mon père a prêché en faveur des animaux, Schweitzer aussi. Et actuellement, on voit de temps en temps, en Angleterre ou en Allemagne, des bénédictions d'animaux dans les églises. Donc il y a un certain éveil de la conscience chrétienne – lent, certes – et même dans le domaine juridique. Reagan, un philosophe américain confessionnel, a écrit un gros livre, un peu technique ! *The Case for Animal Rights*, le problème des droits de l'animal. Il existe une Ligue internationale des droits de l'animal, qui a republié récemment ce qu'on appelle la Déclaration universelle des droits de l'animal, proclamée il y a une dizaine d'années à l'Unesco pour essayer d'éveiller les consciences à cet état de fait si douloureux. Mon père a toujours été hanté par le problème de la souffrance des bêtes et il s'est même demandé – il n'était pas le premier : au XVIIIe siècle, Charles Bonnet à Genève s'était déjà posé la question – pourquoi l'animal serait privé d'une survie, pourquoi ce privilège serait réservé à l'homme…

Il faudrait tenter d'expliquer rapidement d'où vient notre attitude négative vis-à-vis des créatures, à l'intérieur même du christianisme. Parce que les néoplatoniciens étaient beaucoup plus évolués que nous de ce point de vue (certains d'entre eux étaient végétariens, d'ailleurs). Les Pères de l'Église, qui ont beaucoup réfléchi, ont pourtant trouvé le moyen de décider que l'animal n'avait été créé que pour l'utilité et le plaisir de l'homme ! On ne leur en veut pas d'avoir ignoré l'existence des dinosaures, des trilobites ou des ammonites. Mais, même dans leur univers à eux, ils savaient bien que des animaux comme les serpents venimeux, les moustiques, les vers solitaires... n'avaient pas été créés précisément pour l'utilité et le plaisir de l'homo sapiens. Et puis il y a les séquelles de notre hérédité préhistorique, de la barbarie ancestrale dans laquelle nous sommes encore englués. L'homme est tout récent : si on se plaçait à minuit, l'homme serait né à 23 heures 59 minutes 59 secondes. Si l'obélisque de la Concorde représentait l'histoire de la Terre, un ticket de métro sur l'obélisque figurerait le quaternaire, un papier à cigarette serait l'apparition de l'homme. Ce n'est pas vieux, l'homme, quelques millions d'années à tout casser ! On aurait pu penser qu'il accepterait de continuer à évoluer, à s'humaniser... Et puis on nous a tellement raconté que nous étions les rois de l'univers, que nous pouvions faire n'importe quoi impunément : on a fini par le croire...

HOMO SAPIENS

Homo... sapiens, c'est le nom scientifique, zoologique, de l'espèce de Primate à laquelle nous appartenons. Ce qualificatif, Linné l'avait certes choisi sans ironie, mais qui oserait aujourd'hui le juger adéquat, à voir l'homme saccager comme à plaisir la nature, massacrer sans remords – et parfois pour « s'amuser »... – tant d'animaux, déboiser inconsidérément et sans souci des conséquences, pratiquer partout un comportement de prédateur, se voulant avant tout « rentable », accepter de n'obéir qu'aux sollicitations élémentaires du profit ou de l'orgueil, refuser aux autres êtres vivants respect, protection et pitié, faire du culte exclusif de l'économique l'unique loi de l'activité humaine... Y a-t-il vraiment là de quoi justifier la noble épithète dont le vieux Linné flattait notre vanité et être bien fier de la sauvagerie des « civilisés » ?

Mais voici, tout de même, que depuis un demi-siècle ici et là, et – ô surprise – maintenant jusque dans des pays de culture méditerranéenne et de langue française, une réflexion salutaire incite l'*Homo destructor* à repenser son attitude en face de la nature. Et pour de multiples raisons, bien entendu. Il sait aujourd'hui à quels périls l'expose, lui et ses descendants, un mésusage insensé de ressources naturelles qui sont en fait un capital à transmettre intact, non un butin à saccager. Il devine, apprenti sorcier en voie de retour à la raison, quelles catastrophes risquent d'accompagner l'accroissement de sa puissance (matérielle). Et peut-être, obscurément, inconsciemment, sent-il parfois encore – ou déjà – quelque chose des liens qui l'unissent au reste de la Vie, l'existence d'une profonde communauté d'origine et de destin, un sentiment de totalité, le sens du cosmique, si rare encore...

Quoi qu'il en soit, il s'apprête à découvrir que la défense de la nature est non seulement une « bonne affaire », mais, bien plus, et bien mieux, un devoir, et qu'aux raisons pratiques de mettre fin au pillage de la planète vont s'en ajouter beaucoup d'autres, esthétiques, par exemple, ou éthiques : peut-être sera-t-il digne un jour de reprendre cette épithète de *sapiens*...

IJK

Idéal

Il faudrait que l'homme émerge enfin de la préhistoire, qu'il accepte de sortir de la barbarie. Pour une direction que nous connaissons bien : la montagne sainte où ne se fera ni tort ni dommage. [...] Les prophètes d'Israël nous ont légué ce prodigieux idéal. On ne peut pas grand-chose, individuellement, mais le très peu qu'on peut faire, il faut le faire. Si le mot avait encore un sens, je dirais : il faut le faire pour l'honneur. Pour que les historiens, dans quelques milliers d'années, sachent que, tout de même, on a entretenu, localement, sous la cendre, une étincelle qui, un jour ou l'autre, nous le souhaitons ardemment, en tant que chrétiens, sauvera le monde. Teilhard de Chardin distinguait toujours « l'en avant » et « l'en haut » et il disait : « Je suis à la fois un fils de la Terre et un enfant du Ciel ».

Ifan

L'Institut français d'Afrique noire est né de la triple nécessité :

1) d'assurer aux connaissances scientifiques et techniques cette totalisation, cette sommation qu'elle ignorait encore, en accumulant systématiquement et sous toutes les formes (bibliothèques, archives, microfilms, collections de toute nature, photothèque, etc.) la documentation africaine;

2) de procéder à des recherches originales dans les domaines, nombreux, ne relevant pas de disciplines ayant déjà leur organisation propre;

3) de poursuivre, à la fois par un enseignement, par des publications et par le musée, la diffusion des connaissances acquises.

Pour répondre à ce programme, le gouvernement général de l'AOF* créait, en 1938, l'Ifan, qui comprend aujourd'hui des « avant-postes » ou centres locaux, au nombre actuellement de dix, auxquels il faut ajouter les annexes spécialisées comme la base Ifan n° 1 des monts Nimba, le laboratoire de biologie marine de Gorée, la future station d'hydrobiologie de Diafarabé (Soudan), etc.

Il est à souhaiter que, pour les disciples relevant de la compétence de l'institut, il soit possible de réaliser bientôt cette unification de la recherche à l'échelle de l'Afrique noire française qui paraît si évidemment logique et souhaitable, et qui seule mettra notre effort scientifique en mesure et de fonctionner avec le plus d'économie et d'efficacité par-dessus l'obstacle de frontières bien artificielles, et de participer honorablement, avec une pleine unité de doctrine et de méthode, aux travaux de caractère international qui vont nécessairement se multiplier.

La création, à l'étude, de postes d'attachés scientifiques et culturels auprès d'un certain nombre de consulats importants d'Afrique étendra encore le réseau des activités de

* Afrique occidentale française (NDE).

l'institut et fournira à la science française de nouveaux points d'application.

L'Institut central est divisé en sections comprenant actuellement, outre les services administratifs et techniques (photo, dessin, etc.) : géographie, ethnologie, archéologie et préhistoire, linguistique, anthropologie, botanique, zoologie, entomologie et documentation (bibliothèque, archives, etc.).

Par ses publications *(Notes africaines, Bulletin* et *Mémoires)*, par la création d'une « Conférence internationale des Africanistes de l'Ouest », bisannuelle, par sa présence de plus en plus active, tant en France qu'à l'étranger, partout où se discutent les problèmes africains, par les fréquentes missions qu'il organise, comme enfin par la confiance et l'appui que lui accordent et les gouvernements intéressés, et l'Office de la recherche scientifique coloniale, l'institut, quoique tout jeune encore, est d'ores et déjà capable de remplir, dans une assez large mesure, le rôle qui lui a été confié.

Il est et demeure à l'entière disposition de tous ceux qui pourront avoir besoin de lui et qu'il aura toujours le plus grand plaisir à essayer de satisfaire. Il sera tout spécialement heureux, je tiens à l'affirmer ici, de collaborer avec les artisans de l'œuvre médicale, qui trouveront toujours auprès de lui le meilleur accueil.

Dix ans (1938-1948).

On peut, au bout de dix ans – les noces de quoi ? de latérite ? de l'Ifan – jeter un regard en arrière. Pour mesurer à la fois, comme toujours, et l'immensité de ce qui n'a pu être fait et ce qui, tout de même, il faut le reconnaître, sans orgueil mais aussi sans fausse humilité, l'a été.

Le 14 juillet 1938, quand je débarquais à Dakar pour y appeler à la vie un organisme encore théorique, de quoi disposais-je ? D'un collaborateur africain, M. A. Adandé, de quelques pièces vides dans un immeuble dont le reste n'était pas à ma disposition, et d'un arrêté administratif créant, sur le papier, l'Institut.

Il fallait partir à zéro. Sans personnel ni budget, sans matériel, même de bureau, sans téléphone. Six mois durant, mes quelques livres personnels devaient rester par terre faute de rayonnages et le premier crédit demandé, et d'ailleurs accordé, était de 25 000 francs !

L'Ifan tenait alors dans trois petites pièces. Mais « tenait », au figuré également. Et silencieusement préparait méthodiquement sa naissance – on en était encore à un stade en quelque sorte prénatal – quand la guerre survint.

Le bâtiment allait, des années durant, connaître les destinations les plus inattendues : hôpital, hôtel pour guerriers britanniques, pension de famille pour démobilisés : période dite de « la paillasse au laboratoire » qui ne devait s'achever qu'à la fin de 1941.

1942: l'Ifan commence à exister, grâce au gouverneur général Boisson auquel on devait, coup sur coup, la création d'un cadre scientifique et technique, la mise à l'étude d'un plan d'extension comportant la construction d'un immeuble à trois étages de 100 mètres de long totalisant 14 000 mètres carrés de surface couverte, enfin la création de succursales régionales, les Centres locaux ou Centrifans.

Je pouvais écrire le 8 août 1942 : « Ainsi, peu à peu et maintenant sur un rythme accéléré, l'Institut d'Afrique acquiert ses instruments de travail. Il lui faut créer d'abord un instrument : le personnel, les locaux, l'outillage. C'est par là, nécessairement, qu'il fallait commencer. Mais ce ne sera qu'une étape, et qu'un moyen. Le but est ailleurs, audelà. La cognée, une fois forgée, n'est faite que pour servir, elle a une tâche, elle a un destin. Puisse l'Institut d'Afrique franchir sans trop de retard ce stade préliminaire obligatoire et se trouver bientôt en possession de tous ses instruments de travail. Décidée, malgré les difficultés de l'heure, à précipiter la croissance de l'Ifan pour l'amener à son plein développement, l'AOF veut prouver par là non seulement l'importance qu'elle entend accorder dans tous les domaines aux conclusions de la science, mais aussi, d'une façon plus large et plus profonde encore, à un des éléments essentiels de toute colonisation véritable, la vie de l'esprit. »

Et puis, peu à peu, la graine s'est faite plantule, la plantule a ouvert ses premières feuilles, déjà au sommet de la jeune tige se gonflent de nouveaux bourgeons, promesses des floraisons de demain.

Influences de l'Occident sur l'Afrique

Chez l'Africain tout se tient : la religion, l'art, l'économie, la superstition. C'est cette société que nous faisons éclater. Il vivait dans un cosmos ordonné. Nous le précipitons dans un cosmos incohérent, inexplicable. Nous introduisons l'individualisme et lui parlons de gain, nous lui enseignons la puissance de l'argent alors qu'il ne connaissait que des pouvoirs religieux ou dynastiques.

Ce qui est pire, nous lui apportons nos vices, nous importons l'alcool, fléau en plein développement, et nous créons avec l'implantation du phénomène urbain un nouveau et grave problème. Je veux parler de ces villes africaines sordides où les Africains s'entassent par milliers, attirés par le mirage du gain et des plaisirs faciles, ces villes qui creusent le fossé avec les populations des villages et dissocient la famille.

Qu'offrons-nous à lire au Noir instruit dans nos écoles ? Côte à côte, hélas, le meilleur et le pire, les plus nobles textes mais aussi l'hebdomadaire scandaleux érotico-policier. Que lui montrons-nous ? Non seulement des films stupides, ce qui est déjà regrettable, mais beaucoup d'autres résolument pernicieux, où la violence, la ruse, la guerre, l'adultère s'étalent librement, au risque le plus certain de faire prendre pour exemple normal des mœurs occidentales ce qui n'en doit être que la mensongère caricature.

[...]

Je désire seulement insister sur le fait assurément regrettable que les premiers contacts européens avec l'Afrique aient été faussés par une méconnaissance totale des réalités et la prétention de croire qu'il suffisait, pour tout transformer, d'imposer un système économique, administratif et scolaire à notre échelle, sans se demander si ces formules pouvaient convenir aux Africains, si les hommes auxquels nous les proposions étaient en mesure de les assimiler. L'erreur, c'est de n'avoir pas compris qu'on se trouvait en présence d'êtres humains ayant une vie mentale, un pays qui avait sa vie propre et dont le mode d'existence, quoique différent du nôtre, pouvait être tout aussi honorable.

Créer des écoles, répandre l'instruction et la culture de l'esprit. Les Noirs sont les premiers à réclamer des maîtres qualifiés, des professeurs munis des diplômes nécessaires, des programmes strictement identiques à ceux de la métropole. Très pointilleux sur ce chapitre et sensibles à l'extrême, ils inclinent à interpréter de façon erronée les meilleures intentions.

Mais là encore, il faut agir avec doigté. Ne pas oublier que l'Afrique est essentiellement un pays d'agriculteurs et le restera. Il faut éviter que ne se creuse un abîme entre une élite d'intellectuels noirs et les populations des villages et des tribus, que ne s'accentue le déséquilibre du pays tout entier.

Il faut que les jeunes gens évolués – pour me servir d'un terme qui nous est cher – nous aident à établir la liaison nécessaire entre le passé et le présent, entre les civilisations anciennes et la vie moderne. Ils ne sauraient rejeter en bloc la tradition africaine. Elle a du bon et du mauvais. Ils ne sauraient de même repousser en bloc les apports de l'Occident. Le problème réside dans le choix à faire, la sélection à opérer.

Dans le conflit des deux civilisations, il s'agit, non de viser à l'abolition de l'une au bénéfice de l'autre, mais de ne choisir dans l'une comme dans l'autre que ce qui mérite, par sa valeur humaine, de survivre.

Il importe de trouver des solutions réalisables !

Islam (et christianisme)

Au plan mystique, des relations ont toujours existé dans les deux religions. On constate que le vocabulaire même des mystiques, quelle que soit leur appartenance confessionnelle ou religieuse, finit par se ressembler. D'ailleurs, c'est compréhensible puisque exprimer l'ascension vers l'union divine avec des mots humains impliquera l'usage de mots empruntés à la vie humaine elle-même. On voit reparaître dans les différents mysticismes des images empruntées au vin, à l'amour humain, etc. Teilhard de Chardin avait dit depuis longtemps que « tout ce qui monte, converge ».

Inventaire

Il faut toujours être à même de recueillir un document si on tombe sur quelque chose qui mérite d'être recueilli ; ça sera mis dans le cahier avec un numéro. J'en suis au numéro 19400. J'ai décidé de ne pas mourir avant d'avoir atteint les 20 000 exemplaires. Vous voyez, il y a encore de la place...

L

LIBERTÉ

Bien que fonctionnaire, je persiste, à tort ou à raison, à me considérer comme un homme libre. D'ailleurs, si j'ai vendu à l'État une certaine part de mon activité cérébrale, je ne lui ai livré ni mon cœur ni mon âme : si puissant soit-il, César s'arrête au seuil du sanctuaire où règne un beaucoup plus grand que lui et auquel l'Écriture nous prescrit d'obéir « plutôt qu'aux hommes »… J'appartiens d'ailleurs [...] à une famille spirituelle où l'on n'a jamais confondu le bien et le mal, le juste et l'injuste, avec le permis et le défendu : les époques ne manquent pas en France où, pour obéir à l'Évangile, il fallait désobéir au roi, et risquer la prison, le gibet ou les galères. Il y a donc des cas où la désobéissance au pouvoir établi devient une exigence de la conscience, un ordre de Dieu. Et c'est en réalité rendre service à César lui-même que de savoir, parfois, le regardant droit dans les yeux, lui dire : « Non » ; cela peut l'amener à réfléchir, car César a, lui aussi, une âme…

Mais Ellul ne l'a pas caché : « Dieu est du côté des non-puissants, ce sont ceux-là qui ont raison, ce qui ne veut pas dire, ajoute-t-il, qu'ils réussissent », ce qui n'est, hélas, que trop évident.

On ne sera d'ailleurs pas surpris qu'une religion nourrie de messianisme des prophètes d'Israël doive s'orienter très rapidement vers une vision solidariste et sociale du monde des hommes, et ce qu'on appelle un « engagement » au service des victimes de l'injustice, du mépris, de la cruauté et de l'argent comme dans les luttes nécessaires contre la violence, la guerre, les fléaux nationaux tels que les drogues officielles tolérées, voire parfois encouragées, comme l'alcool ou le tabac qui tuent infiniment plus que le chanvre indien, pourtant activement pourchassé par la police.

M

Mai 1968

Lettre de Théodore Monod au président de l'Union nationale des étudiants de France, 25 mai 1968.

Monsieur le Président,

Si je me permets de vous soumettre une suggestion, c'est parce que je vois mal à quel résultat tangible peut mener le cycle de violences provoqué par l'intervention ou seulement, souvent, la présence, à proximité des manifestants, des forces dites « de l'ordre ».

Les grondements montés de la rue eussent peut-être, en d'autres temps, suffi à ébranler un trône : il est devenu évident que le régime, décidément dur d'oreille, n'entend pas, ou ne veut pas entendre, et s'apprête même à durcir son action. Or il dispose de moyens, en hommes et en matériel, énormes et manifestement de nature à lui assurer, dans toute bagarre, une incontestable supériorité de fait : une foule désarmée ne saurait vaincre sur son terrain – je veux dire par la violence – une troupe de professionnels du gourdin, de la grenade et, si besoin était, du fusil.

Ne serait-il pas possible, si ceci se voyait admis, d'imaginer d'autres formes de combat ? Pourquoi, par exemple, ne pas recourir à la forme non violente, et silencieuse, de la révolte, avec, naturellement, la traditionnelle occupation du terrain au ras du sol ?

Dix mille manifestants assis place de la Concorde, silencieux, sous leurs pancartes et leurs banderoles, offriraient à l'État policier un problème plus grave encore peut-être que le jet de pierres escompté qui va si opportunément servir de prétexte au matraquage. Les forces de « l'ordre » n'oseront jamais assommer ni asphyxier par grenadage une foule immense, muette, immobile, pacifique.

La seule solution est, dans ce type de défi au pouvoir, l'enlèvement un à un des manifestants, opération très difficile, très longue, et aussi très visible pour les spectateurs (car elle se passe en plein jour). Il faut ensuite transporter ces milliers d'hommes et de femmes à Beaujon, ou ailleurs, pour les relâcher dans la nuit ou le lendemain, avec le risque de les retrouver bientôt de nouveau assis par terre au même endroit...

La technique des manifestations non violentes est connue et a d'ailleurs déjà été essayée à Paris, sur une échelle encore très modeste, mais reprise par une organisation puissante et écoutée, je suis convaincu qu'elle aurait une efficacité réelle et, en tous les cas, ôterait aux virtuoses de la matraque tout prétexte à se livrer à leurs brutalités accoutumées.

Je vous prie d'agréer, Monsieur le Président, l'expression de mes sentiments les plus cordiaux et de ma vive sympathie pour votre courageux et lucide combat.

Mali

La fédération du Mali est créée le 17 janvier 1959 par fusion du Sénégal, indépendant depuis le 25 novembre 1958, et du Soudan, indépendant depuis le 24 novembre 1958. Le 20 août 1960, le Sénégal reprend son autonomie et la fédération du Mali devient le Mali. Dans cet article intitulé « Le vrai Mali… il y a sept siècles », Théodore Monod rappelait ce qu'avait été au Moyen Âge le prestigieux État dont la nouvelle fédération avait choisi le nom.

Dante n'est pas encore mort, Pétrarque a trois ans, il y a un pape en Avignon, Philippe le Bel fait rôtir les Templiers et Moussa Ier succède en 1307, comme souverain du Mali, à son père Abou Bekr.

Moussa Ier, ou Mansa Moussa, est un grand roi, un très grand roi et dont l'autorité s'étendra bientôt de la côte atlantique du Sénégal à la région du Niamey, et de l'Adrar mauritanien à la haute Guinée : environ 2 500 kilomètres sur 1 200. Au nord, le Sahara ; à l'ouest, l'Océan ; au sud, le pays « sauvage » des mines d'or et des cannibales ; à l'est, les États haoussas et le Bornou. Bloqué vers le sud par les anthropophages et la forêt, le Mali, adossé au monde noir, regarde au nord et à l'est, et une active circulation caravanière l'unit, à travers le Sahara, au Maghreb et à l'Égypte.

En 1934, le souverain, accompagné d'une suite énorme et transportant avec lui une fortune en poudre d'or, quitte sa capitale pour se rendre, par Le Caire, en pèlerinage aux Lieux saints. Au Caire, la folle prodigalité des Soudanais, qui dépensent l'or à pleines mains, dévalisant les boutiques et achetant esclaves, chanteuses, jolies filles et étoffes précieuses, stupéfie les Égyptiens. Le Sultan fait à Mansa Moussa les plus riches cadeaux, et celui-ci ramènera au Soudan, avec toute une bibliothèque de droit canonique, un architecte-poète, Abou Ichak et Gharnati, qui lui construira une salle d'audience magnifique.

Ce célèbre voyage n'a d'ailleurs pas inauguré les relations Soudan-Égypte : l'État mandingue est reconnu par les puissances et entretient des relations diplomatiques normales avec le Maroc et les sultans mamelouks.

Durant des siècles, du reste, les géographes et historiens arabes parlent du Mali : el-Bekri au XIe siècle, el-Edrisi au XIIe, Al Omari et Ibn Battuta au XIVe, Ibn Khaldun et Maqrizi au XVe, Léon l'Africain au XVIe, etc. Certains ont eux-mêmes visité le Mali, en particulier Ibn Battuta, qui raconte avec de précieux détails le voyage qu'il y fait en 1352-1353.

Dès 1339, le Mali figure sur une carte européenne *(rex Melli)* et l'atlas catalan de Charles V (1375) montre un prince assis sur un trône, tenant un sceptre d'une main et tendant de l'autre un lingot d'or à un chamelier berbère avec, en catalan, cette légende : « Ce seigneur noir est appelé Masse Mally, seigneur des Noirs de Gineua [Guinée]. Ce roi est le plus riche et le plus noble seigneur de toute cette région pour l'abondance de l'or que l'on trouve sur terre. »

Enfin, en 1532, avec le *Pantagruel* de Rabelais, le Mali entre dans la littérature française.

La très grande importance, au Moyen Âge, du Mali, comme de certains autres empires ouest-africains réside, pour le monde méditerranéen, dans la richesse en or du Blad-es-Soudan ou Pays des Noirs. Cette poudre d'or qu'apporte au Maghreb, avec les esclaves et les plumes d'autruche, le trafic caravanier berbère, elle est désormais nécessaire à l'Europe : ne faut-il pas pouvoir payer à l'Asie ses produits de luxe, tissus et épices, et le Soudan n'est-il pas, alors, le principal pays exportateur ? Des siècles durant d'ailleurs, les légendes les plus étranges – celle de l'or « végétal », par exemple, qui pousse comme une plante – auront cours en Europe, quand la pratique du commerce « à la muette » devait rendre plus mystérieuse encore l'origine du métal convoité. Plus tard, à partir du XVe siècle, l'*auri sacra fames* ne sera pas l'un des moindres stimulants de l'exploration et de la conquête européennes.

Où se trouvait la capitale du Mali ? On ne le sait pas encore avec précision et d'ailleurs il est très possible qu'il y en ait eu plusieurs. Ce qui est certain, de toute façon, c'est que le berceau de la dynastie a dû se trouver en amont de Bamako, vers le confluent du Niger et du Sankarani (villages Niani, Kangaba, etc.). Peut-être un jour des découvertes nouvelles viendront-elles éclaircir la question. On doit souhaiter, en tout cas, que l'heureux renouveau d'intérêt qui se manifeste pour l'exploration du passé de l'Afrique de l'Ouest sache s'appuyer sur les seules méthodes de l'archéologie scientifique et l'austère constatation des faits.

Né probablement vers le XIe siècle, le Mali connaîtra son apogée au XVIe, avec Mansa Moussa et ses successeurs immédiats ; mais il va entrer en conflit avec d'autres États, le Yatenga, le Songaï, les Touaregs, les Peuls, et, enfin, le royaume bambara de Ségou qui, dans la seconde moitié du XVIIe siècle, lui portera le coup de grâce. Les descendants de Mansa Moussa redeviennent les petits chefs locaux qu'ils avaient été à l'origine du royaume. Mais la tradition demeure vivante, le geste de Soundiata en particulier, le héros semi-légendaire qui, au XIIIe siècle, faisait du Mali un puissant empire, et quand, en 1959, il fallut choisir pour la nouvelle fédération ouest-africaine un nom, celui du Mali s'imposa.

C'était s'inscrire au bénéfice d'un prestigieux héritage, car le Mali du XIVe siècle avait atteint un degré de civilisation qui surprenait à juste titre les voyageurs arabes.

Cet infatigable globe-trotter d'Ibn Battuta, qui séjourna huit mois dans la capitale du Mali en 1352-1353, est bien placé pour nous renseigner. Que nous dit ce pieux musulman ? Il intitule un chapitre de son récit de voyage : « De ce que j'ai trouvé de louable dans la conduite des Noirs et, par contre, de ce que j'y ai trouvé de mauvais. »

Au passif, des griefs de dévot et de monsieur « comme il faut » : consommation de chiens ou d'ânes, excès des bouffons, absurdité de certains détails du rituel de la bienséance, inconvenante nudité des femmes. À l'actif, par contre, trois remarques propres à réjouir le musulman : « Grand zèle pour apprendre par cœur le sublime Coran », assiduité aux prières publiques, beaux habits blancs le vendredi (le « dimanche » des musulmans), mais trois autres de portée plus générale :

1) « Le petit nombre d'actes d'injustice que l'on y observe (au Mali), car les Noirs sont de tous les peuples celui qui l'abhorre le plus. »

2) « La sûreté complète et générale dont on jouit dans tout le pays. Le voyageur, pas plus que l'homme sédentaire n'a à craindre les brigands, ni les voleurs, ni les ravisseurs. »

3) « Les Noirs ne confisquent pas les biens des hommes blancs qui viennent à mourir dans leur contrée, quand même il s'agirait de trésors immenses. Ils les déposent, au contraire, chez un homme de confiance entre les Blancs, jusqu'à ce que les ayants droit se présentent et en prennent possession. »

Et nous sommes en… 1352-1353. Est-il besoin de conclure ? Ou du moins, pour valablement conclure, de songer un instant à la tête de Jean le Bon, si l'on était venu décrire au roi d'une France ravagée par la guerre, la peste noire, la Jacquerie et les Grandes Compagnies, la sécurité des routes et l'état de la justice au royaume du Mali, dans un lointain empire noir – et par conséquent « barbare » – du fin fond de l'Afrique ?

Manifeste des 121

Le 6 septembre 1960, à l'instigation de Dyonis Mascolo et Jean Schuster, des écrivains, des universitaires et des artistes rendent publique une déclaration sur le droit à l'insoumission dans la guerre d'Algérie, plus connue sous le nom de « Manifeste des 121 ». Parmi les signataires, Théodore Monod. Le retentissement de cette déclaration sera immense et la signature du manifeste vaudra à Théodore Monod des mesures et « quelques ennuis disciplinaires », selon son expression. Il lui fut notamment interdit d'exercer ses fonctions de directeur de l'Ifan durant un certain temps.

Le manifeste en question porte, dans la presse, un nom qui, pour autant que je sache, ne lui appartient pas : ce nom de « Manifeste sur le droit à l'insoumission » est, je pense, une invention du pouvoir ; le titre véritable est, je crois, tout simplement : « Appel à l'opinion ». Si j'insiste sur ce détail, c'est pour bien marquer que l'insoumission proprement dite, au sens juridique du mot, n'est pas l'objectif majeur d'un manifeste qui, à propos d'ailleurs d'une occasion déterminée, le procès du réseau Jeanson, posait sans doute le problème de la légitimité d'insoumission, mais le dépassait très largement.

Il s'agit en effet, avant tout, de la protestation d'hommes atteints dans leur honneur et dans la juste idée qu'ils se font de la vérité, il s'agit de l'indignation douloureuse que soulève dans des âmes dont plusieurs se réclament de l'Évangile, la prolongation d'une guerre à la fois stupide et atroce, avec l'interminable cortège d'horreurs et d'infamie que provoque toute guerre. Les affreux excès de la torture, par exemple, sont mentionnés dans le manifeste, accompagnés, il est vrai, d'une erreur.

Avant de signer le manifeste, j'avais proposé quelques modifications de détail, dont il n'a pu être tenu compte, d'ailleurs ; la seule dont je me souvienne portait précisément sur l'historique de la torture en Algérie : je faisais remarquer qu'il était inexact d'affirmer que c'est l'armée qui a introduit la torture en Algérie ; cette honteuse priorité revient indubitablement à la police et l'on n'a pas oublié la question fameuse : « Y a-t-il une gestapo française en Algérie ? » qui n'a, je crois, jamais reçu, et pour cause, de démenti officiel.

Je n'attache qu'une importance secondaire à l'aspect « insoumission » du manifeste. Je parle ici en mon seul nom personnel ; bien entendu, et j'ignore les mobiles de mes cosignataires. Mais à vrai dire ce n'est pas à la question du refus de participer à une guerre que j'ai, en signant le « Manifeste des 121 » attaché le plus d'importance. Il s'agissait de cela bien sûr, et il était salutaire que les puissants du jour – et d'un jour – se vissent rappeler que, si le pouvoir veut être respecté, il lui faut d'abord se montrer respectable. Je voyais dans le document global une expression nouvelle, très forte et très nécessaire, de l'indignation, de la honte et de la douleur dont nos cœurs désormais débordent... Et puis, qui sait si, à ce spectacle inaccoutumé d'hommes « respectables » sortant de leur paisible retraite pour s'offrir à la réprobation des bien-pensants, et certains, aux persécutions, ne sera pas capable de réveiller, sous la cendre des consciences assoupies et rassurées, l'étincelle qui va y ranimer la flamme ?

Marche non violente

J'ai signé l'appel pour la marche et je me considérais comme tenu moralement à la suivre avec mes camarades.

Mon engagement découle de ma réflexion sur le monde et surtout sur l'homme qui n'est pas uniquement un matricule de sécurité sociale et un numéro de carte d'identité.

L'homme doit aller beaucoup plus haut. Il est encore loin d'avoir donné la pleine mesure de son développement.

Pour en juger, il n'est que de constater que notre civilisation relève de la préhistoire dans certains domaines puisqu'elle admet que les conflits entre nations se règlent par cette chose atroce qu'est la guerre.

Le drame est que l'homme a acquis la puissance matérielle et technique sans acquérir simultanément la sagesse qui lui permettrait d'adapter ses technologies à des buts qui servent son développement au lieu de servir la guerre et la mort.

Le crime de sacrilège a officiellement disparu en 1830 dans la législation, mais aujourd'hui encore vous pouvez dire du mal de quiconque sauf de l'armée sacralisée sous Napoléon Ier.

Dans sa première phase, l'homme n'était qu'un prédateur sans grosse influence sur son milieu biologique.

Dans une deuxième phase, sa technique s'est développée et il est devenu un destructeur du milieu naturel. Mon espérance messianique me fait croire en une troisième phase de réconciliation de l'homme avec ses semblables et avec la nature. Je crois en cette terre nouvelle où l'on transformera les glaives en serpes.

MER

La Méditerranée, certes, ça ne va pas très fort. Voyez le golfe de Gênes, par exemple. Une mer presque fermée, c'est toujours un peu spécial. Bien que la mer soit grande, heureusement, il faut quand même prendre quelques précautions, ne pas y verser n'importe quoi, n'importe quand, n'importe où. Seulement, c'est toujours la même chose. Tant qu'on aura profit à jeter les saletés dans la mer, on les versera, c'est inévitable. Alors pensons aux conséquences lointaines. Mais qui pense à ce qui se passera dans 500 ans.

Monter

Un musulman pieux, il y a quelques années, avait voulu me convertir à l'islam ; il m'avait dit : « Vous êtes un homme de foi (il se mettait en peine de mon salut, probablement à juste titre), vous devriez nous rejoindre. » Alors je lui ai parlé de la montagne unique. Parce que l'essentiel, c'est de monter. Et Teilhard de Chardin disait aussi : « N'importe où, pourvu que ce soit en montant. » Monterons-nous aussi avec les animaux ? Je n'en sais rien, mais ce n'est pas impossible. En tous les cas, il faudrait prier dans les Églises pour les animaux, victimes si souvent de la stupidité et de la cruauté des hommes.

Mort

Je ne redoute pas la mort. J'attends avec impatience l'instant où la Lumière se fera. Je ne sais pas si l'homme entre réellement dans une autre existence après sa vie terrestre. Je ne peux que l'espérer. Ne serait-ce que pour obtenir le pardon de ceux que j'aurais pu blesser au cours de ma vie, par mes actes, mes paroles et mes silences. Vous savez, le cœur, le noyau central du christianisme, c'est l'enfant prodigue accueilli et pardonné, malgré tout, par son père. Rembrandt a peint la scène avec une force qui m'émeut profondément. [...] N'allez pas en déduire que je suis pressé de mourir. J'ai encore un important mémoire à terminer sur le crâne des poissons perroquets !

Mouvements de défense de l'environnement

Je sais que la multiplication actuelle, très réelle, des organismes se proposant la défense de l'homme, de la vie, de la nature, des équilibres biologiques, etc., pose des problèmes. Mais ceux-ci ne sont pas susceptibles de solutions théoriques. Même si l'on estimait souhaitable un certain regroupement, fût-ce sous une forme fédérative, de ces mouvements, qui serait en mesure de l'obtenir ? Après tout, il s'agit d'efforts convergents, ayant chacun une audience encore bien modeste, hélas : l'essentiel n'est-il pas qu'ils travaillent chacun dans sa sphère, mais, en cas d'actions communes, en collaborant de leur mieux ?

D'ailleurs, à y regarder de plus près, on verrait sans doute que ces divers mouvements, s'ils ont un dénominateur commun, présentent souvent des caractères particuliers et, à ce titre, représentent les instruments divers d'un orchestre, les couleurs variées d'une palette. Il y a ceux qui se veulent plus techniques, il y a ceux qui n'hésitent pas à aller plus loin, et plus haut, à passer du domaine des faits dans celui des convictions, à tenir leur action pour un « témoignage » : et pourquoi n'en serait-il pas ainsi, puisque la diversité n'a jamais empêché l'union ?

Après tout, l'essentiel n'est-il pas que chacun, à sa place, agisse en conformité avec sa vocation propre. Ce qui est urgent, aujourd'hui, n'est pas tant de disserter sur la stratégie que de combattre. Dans la pacifique armée de ceux qui se refusent à accepter plus longtemps sous le nom de « civilisation » une barbarie mal camouflée, appuyée sur une économie de proie, il y a place pour tous.

Ou bien il va falloir donner – et très vite – un sérieux coup de barre, ou bien le navire ira – et peut-être plus tôt qu'on ne l'imagine – se perdre corps et biens.

MYTHES

L'océan, c'est le grand tout. Une série de mythologies font jouer un très grand rôle à l'océan primordial, et alors on amène dans l'océan primordial une tortue, un œuf, toutes sortes de choses qui se passent, pour expliquer le cosmos actuel. Mais l'idée de la présence de l'eau à la base des grands cycles mythologiques, c'est quelque chose de très profond et de très ancien, qui a joué un très grand rôle dans la pensée humaine et un très grand rôle dans le symbolisme religieux d'une quantité de religions. L'eau douce aussi bien sûr – la source, la pureté de l'eau, l'aspect régénérateur de l'eau, etc. – ça touche à la notion du baptême. Mais la mer, si nous parlons de la mer en tant que l'Océan, l'océan a certainement joué un grand rôle fascinateur dans la sensibilité, je dirais presque plus dans la sensibilité humaine que dans sa pensée discursive, [...] dans son instinct. [...] Je crois qu'en effet la mer résume cette espèce non seulement de sentiment et/ou de fascination [...], mais aussi d'attraction pour un élément qui est quelque chose de global, de total, qui peut représenter une totalité… Je crois que l'homme, dans ses profondeurs psychologiques, ressent certainement une sorte d'attirance pour tout ce qui peut l'unir à l'infini, l'unir au cosmos.

N

Nature (protection de la)

Par comparaison avec la profession médicale, qui a côte à côte ses « spécialistes » et ses « généralistes », c'est à ces derniers que j'appartiendrais, dans le domaine de la protection de la nature, qu'il s'agisse de mes efforts individuels ou de ma participation à ceux de toute une série d'organismes, Muséum, Société nationale de protection de la nature, Union internationale pour la conservation de la nature, etc.

Bien sûr, il y a tant à faire dans tant de domaines qu'il faut bien un peu choisir et c'est ainsi, par exemple, qu'à l'Union internationale, c'est à la Commission des parcs nationaux que j'appartiens. Inutile de dire que celle-ci s'est vivement émue des dangers que des intérêts particuliers font actuellement peser sur le Parc national de la Vanoise, menacé d'amputation pour favoriser le promoteur de la future station de Val-Thorens. L'assemblée générale de l'Union a d'ailleurs, réunie il y a quelques semaines à New Delhi, formulé ses inquiétudes dans une résolution très ferme que l'on souhaite voir écoutée par le gouvernement français.

J'ajoute enfin que mon attitude à l'égard des problèmes en cause dépasse de beaucoup et de très loin le simple domaine des considérations techniques, pratiques, économiques pour déboucher résolument dans celui des principes moraux et même – au risque de faire sourire nos technocrates – des réalités spirituelles.

Je crois profondément en effet que rien ne sera gagné – et pour le moment nous sommes en train de tout perdre – tant que la protection de la nature ne sera pas sentie comme le corollaire obligatoire d'un principe éthique, tant que le respect de la vie – et de toute la vie – ne sera pas devenu la loi morale essentielle. Toute autre raison ne peut être que relative, superficielle et temporaire.

Mon action se situe à deux niveaux. D'une part dans le domaine de ma spécialité personnelle, essentiellement la zoologie, avec un intérêt particulier pour les problèmes africains. D'autre part, dans celui de la pensée morale, comme des convictions profondes qui peuvent seules enraciner l'action assez solidement pour lui donner le caractère qu'elle doit avoir : non celui d'une recette pratique mais d'un devoir véritable.

Nature

On ne saurait trop se réjouir de voir un important quotidien, tel que *La Croix*, entreprendre une campagne systématique pour la sauvegarde de la nature et de la vie.

Il est en effet plus que jamais nécessaire d'ouvrir les yeux de nos concitoyens sur l'ampleur, sur la gravité des problèmes en cause et sur l'extrême urgence qui s'attache à leur découvrir des solutions acceptables.

On assiste depuis un certain temps – et c'est un phénomène assez nouveau pour qu'il soit très apparent et très significatif – au développement considérable d'un mouvement d'ensemble en faveur de la nature, des équilibres biologiques, des animaux « sauvages » (on devrait dire : « libres »), du respect dû à la vie, à l'arbre, à l'oiseau, etc., et dénonçant, corrélativement, toutes les agressions, tous les mésusages, toutes les stupidités et toutes les violences dont un homme pourtant soi-disant *sapiens* se rend chaque jour coupable à l'endroit de son « environnement », comme on dit, en utilisant le mot anglais sans doute parce que le synonyme français, qui est « milieu », tend à se spécialiser dans un sens moins honorable.

On dénoncera donc, enfin, et c'est très bien car on ne le fera jamais trop, ce triste cortège d'erreurs et de crimes qui, jusqu'ici du moins, accompagne l'activité humaine : façons culturales aberrantes, déboisements inconsidérés, usages abusifs des pesticides, pollutions de toutes sortes, des sols, des eaux ou de l'air (parmi lesquelles on oublie volontiers les méfaits d'un tabagisme évidemment pernicieux mais, pour l'État, lucratif), destruction de plus en plus difficile des rebuts d'une civilisation du déchet, massacres scandaleux d'animaux, dont nombre d'espèces sont aujourd'hui menacées d'extinction, après toutes celles que notre cruelle sottise a déjà exterminées, etc.

On doit se féliciter de voir ainsi la protection de la nature popularisée par la presse, écrite ou parlée. Après les ignorances et les silences d'hier, c'est un progrès manifeste.

Mais est-ce bien suffisant ?

D'abord, il ne faut pas se chercher, et par conséquent se trouver, de commodes alibis et de bonnes consciences faciles. Il faut, certes, que l'opinion publique soit informée, éclairée, émue, mais il faut aussi que l'on passe à l'action. Il ne suffit pas d'applaudir de loin à la justesse et à la beauté des principes, il ne s'agit plus d'une conférence à écouter mais d'un combat à livrer, d'un combat direct, et concret.

Par exemple, les Français vont-ils réellement tolérer et – pour comble d'inconscience (ou de cynisme ?) au cours même de l'Année européenne de conservation de la nature – que leur premier parc national, celui de la Vanoise, se voie dépecé, amputé de 2 500 hectares pour satisfaire les intérêts d'un promoteur, appuyé par des politiciens locaux ? Vont-ils, sans exprimer à Monsieur Qui-de-droit leur indignation, accepter qu'en mai 1970 le seul département de la Gironde « tolère », d'ailleurs au mépris de la loi, l'affreux massacre de tourterelles de 1969 (1 500 000 peut-être ?...).

Donc, si l'on veut être sérieux, il faut non seulement parler ou écrire, mais agir, et même au risque, d'ailleurs fréquent, de déplaire aux puissants du jour.

D'autre part, on doit peut-être redouter que le grand mouvement qui s'amorce en faveur de la sauvegarde de la nature ne s'arrête à mi-chemin. Je m'explique : tant qu'on reste dans le domaine des pollutions, des nuisances, etc., on ne sort pas, en fait, de l'anthropocentrisme le plus authentique, puisque c'est en fonction des seuls inconvénients subis par l'homme que ceci ou cela se voit condamné. Bien sûr, même à ce stade, le remède préconisé peut déboucher sur une certaine protection de la nature elle-même : pour assurer à l'homme l'air pur que sa santé exige, on ira préconiser, par exemple, la sauvegarde de telle forêt, résultat souhaitable, excellent, mais qui, tout de même, intervient sans que la forêt ait été tenue pour autre chose que comme moyen, au service du prétendu « roi de la Création ».

Est-ce suffisant ? Et ici il faut – et ce n'est pas dans ce journal que j'hésiterais à le faire – il faut élever résolument le débat. Pour moi, ce n'est pas, ce ne sera jamais, ou du moins jamais seulement parce que l'homme en tirera bénéfice, qu'il faut protéger la nature, c'est aussi parce qu'elle a le droit de l'être. Autrement dit, la protection de la nature n'échappera aux vicissitudes et à la précarité d'une motivation simplement économique ou technique, aux pièges du « rentable », à la pauvre justification de l'efficacité matérielle, qu'en débouchant sur un plan supérieur.

Alors seulement, de recette pratique, prenant sa dimension véritable, elle deviendra un devoir moral et, mieux encore, le merveilleux symbole d'une éthique de la sympathie et de la réconciliation, le corollaire obligatoire et contraignant de l'unité des choses et des êtres.

Est-ce viser trop haut et préjuger des capacités spirituelles d'un homme pourtant encore si imparfaitement humanisé, encore si proche de la barbarie ancestrale, malgré ses orgueilleuses réussites mécaniques ?

On se refuse à le penser, et surtout si l'on est chrétien.

Mais, en même temps, comment ne pas frémir devant les périls que nos bons machiavels, grands « amis de la paix » bien sûr, mais surtout grands fabricants et, hélas, grands marchands d'instruments de mort, font courir non plus à la forêt de Fontainebleau ou au parc de la Vanoise, mais à la race humaine tout entière, voire à la « biosphère » dans sa totalité, et peut-être à notre vieille planète elle-même ?

Autrement dit, l'homme aura-t-il seulement le temps de sortir de la préhistoire avant la catastrophe finale qu'annoncent déjà les soirs d'explosions nucléaires, certains rougeoiements d'apocalypse ?

Je n'ai pas à vous prier d'excuser ces remarques : même s'il s'agissait d'un combat d'arrière-garde, il faudrait le livrer, avec courage, avec humilité, avec ferveur.

Merci à *La Croix* d'y participer si efficacement.

Nazi (poison)

On se tromperait gravement en imaginant que le problème français, notre problème, n'est aujourd'hui que militaire et par conséquent que matériel.

Il faut délivrer le sol de la France, sans doute, mais il n'est pas moins urgent de délivrer son âme avant que la propagande ennemie, acharnée, tenace, et à qui ne manquent pas les complices, ne soit parvenue à lui causer de trop graves dommages.

J'étais à Paris il y a quelques mois. Naturellement, la vue dans nos rues des uniformes verts ou gris de la race des « maîtres » n'est pas précisément agréable. Mais ce n'est pas le plus grave. L'éventaire d'un marchand de journaux où s'étale toute la pourriture des nazis et de leurs domestiques me paraissait autrement redoutable. Ces bottes s'en iront un jour, elles prendront même, alors, je l'espère, le pas de course, mais ce poison démoniaque, instillé goutte à goutte dans notre sang, et dans celui, plus sacré encore, de nos enfants, comment et en combien de temps parviendrons-nous à l'éliminer entièrement ? Des taches d'ordure ou de sang, sur un pavé, ça se lave et il n'y paraît plus. Mais ces germes de mensonge et de corruption semés dans des cœurs trop souvent sans défense, quelle vigoureuse cure de désintoxication ne faudra-t-il pas entreprendre pour les arracher ?

Cette cure, elle nous regarde tous. Nous y pouvons tous collaborer. Tous ne se battront pas sur la ligne de feu, le front matériel, mais tous peuvent défendre, et, là où il le faut, reconquérir les secteurs menacés ou occupés de la vie spirituelle française.

Nomadisme

Le mot « nomadisme » comporte tant d'acceptions différentes que l'on serait bien en peine d'en formuler une définition générale.

Il en est d'ailleurs de temporaires et de permanents, d'acycliques et de saisonniers, apparentés à la transhumance ou dépendants, sur des surfaces parfois très étendues, de l'irrégularité des pluies et, par conséquent, de celle des pâturages. Si la steppe et, plus encore, le désert connaissent le nomadisme le plus classique, d'autres milieux naturels peuvent être ici concernés : les Pygmées de la forêt équatoriale, les bushmen du Kalahari, et bien des groupes australiens ne sont-ils pas eux aussi, à leur manière, des nomades ?

Il ne sera cependant question ici que de nomadisme saharien et, par conséquent, chamelier car le grand nomadisme pastoral, celui des chameaux, représente le type à la fois le plus accompli et le plus remarquable d'une adaptation, en fait aussi poussée aux contraintes d'un milieu naturel hostile que celle des Esquimaux du Grand Nord canadien. Dans l'un et l'autre cas, un groupe humain parvient à subsister aux bords de l'œcoumène et à la limite de la survie.

Prenons le cas des Reguibat, devenus depuis le début du siècle les seuls véritables grands nomades sahariens : depuis le combat de Foucht en 1906, où eut lieu leur victoire sur leurs derniers concurrents, la puissante tribu des Oulad bou Sba, ils devenaient enfin les maîtres du Sahara occidental – leurs chameaux allaient pouvoir se multiplier par milliers – et la zone d'action de leurs rezzous s'étendre à d'énormes surfaces.

D'autres réussites à peine moins surprenantes seront d'ailleurs constatées chez bien d'autres groupes sahariens.

Mais le nomadisme saharien traditionnel va bientôt connaître les difficultés les plus graves : la conquête coloniale fait tache d'huile et couvre le désert de postes militaires – alors que s'ébauche à travers tout l'espace saharien, à l'usage de l'automobile, un réseau de pistes puis de routes.

La liberté de circulation des nomades se voit parfois menacée, se trouvant volontiers contrôlée par l'administration des nouveaux États indépendants.

De surcroît, plusieurs des principaux piliers économiques, soutenant autrefois le nomadisme, se sont écroulés.

L'un d'eux se trouvait représenté par les péages, sans doute perçus en nature, prélevés sur les grandes caravanes du commerce transsaharien. Le rezzou, autre mode important d'acquisition de biens matériels, esclaves noirs et chameaux, a dû disparaître à son tour.

On remarquera d'ailleurs la grande similitude réunissant le rezzou saharien à la course maritime : de même que nobles et bourgeois souscrivaient des actions dans un armement à la course, on pouvait, sans participer personnellement à un rezzou, prétendre à une part de butin éventuel de ce dernier au prorata de la mise qu'on avait consentie : chameaux, carabines, etc.

Après les remarques précédentes, on peut aisément imaginer que la pratique même du nomadisme se trouve actuellement en crise.

Comment les populations nomades vont-elles trouver les moyens de subsistance qui leur sont indispensables ?

Il serait évidemment absurde de conseiller au nomade chamelier de se mettre à la culture du framboisier ou du navet, car ce qu'il fait depuis des siècles est en réalité le seul mode efficace et raisonnable d'exploitation des ressources naturelles locales.

Le problème n'est donc pas : chameau ou framboisier, mais bien chameau ou rien...

En bien des régions, les chantiers miniers ou routiers attirent d'assez nombreux travailleurs, souvent d'ailleurs temporaires ou saisonniers – tant l'attrait du retour au campement demeure puissant. De plus, les profits tirés de la location des chameaux à des groupes de touristes acquièrent déjà localement une certaine importance, dont on ne peut que se féliciter.

Ces deux exemples concernent certains des nouveaux modes d'acquisition utilisés par les nomades pour assurer leur vie matérielle.

Mais il ne semble pas douteux qu'un problème d'ensemble, aggravé chaque jour par l'intrusion au désert d'une économie de marché, paraît se poser, intéressant non seulement la pratique du nomadisme mais jusqu'à son existence même.

Les nomades sahariens possèdent, comme ceux du Kordofan de l'Arabie, de l'Iran, de l'Asie centrale ou du Tibet, une culture propre, une langue, un art, le plus souvent ornemental et géométrique d'ailleurs, une littérature, orale le plus fréquemment, et bien entendu l'extraordinaire connaissance du milieu physique et des ressources naturelles que peut leur offrir ce dernier.

Brutalement posée, la question est désormais la suivante : le nomadisme pastoral traditionnel peut-il survivre ou devra-t-on le voir disparaître ?

La réponse appartient, bien entendu, avant tout aux nomades eux-mêmes, responsables d'une longue tradition et qui devront choisir entre la survie de leur propre culture, fût-ce au travers des plus solides difficultés, et la sédentarisation, acceptée ou subie, volontaire ou forcée. Les nomades, en effet, se trouvent tous désormais soumis à un contrôle administratif exercé par une autorité lointaine représentée par une ethnie foncièrement différente de la leur et, de plus, sédentaire. Pour les pouvoirs centraux et leurs bureaux, le nomade, il faut l'avouer, n'a pas trop bonne presse ; c'est en effet un homme libre et, à ce titre, difficilement contrôlable, d'où, bien entendu, la méfiance, pour ne pas dire plus, des administrations.

Les douloureux événements survenus depuis mai 1990 dont ont tant souffert divers groupes touaregs, tant au Niger qu'au Mali, et dont l'opinion internationale ne semble guère s'être émue jusqu'ici, paraissent au moins démontrer que le problème de l'avenir des nomades blancs sahariens ne se verra jamais résolu sans beaucoup de générosité, d'intelligence et de courage, de part et d'autre naturellement.

Non-violence

Lettre de Théodore Monod au directeur du Figaro, *le 31 mai 1960.*

Monsieur le Directeur,

Je me permets de vous écrire pour vous exprimer la surprise que j'ai éprouvée à la lecture, dans votre numéro du 30 mai, du compte rendu de la manifestation de l'Action civique non violente du samedi 28 mai.

Sans doute l'attitude médiocrement impartiale et généreuse de votre collaborateur sera-t-elle de nature à satisfaire vos lecteurs. Mais si l'on estime que le journal est destiné davantage à informer qu'à déformer, on ne manquera pas de regretter un défaut aussi évident non seulement de compréhension mais même d'exactitude.

Je passe sur le vocabulaire, où se devine un parti pris de dénigrement (une « secte », des « meneurs », de « jeunes écervelés », etc.), mais le mépris des faits est plus grave que celui des hommes, dans un journal qui se veut au seul service de la vérité.

En effet, parmi les « jeunes », il ne manquait pas de cheveux gris, ni de cheveux blancs, et parmi les « écervelés », peut-on, sans sombrer dans le ridicule, compter des professeurs au Collège de France et à la Sorbonne, des prêtres de l'Église catholique, des pasteurs, etc. ? Peut-on parmi ceux « qui n'ont pas connu les camps » compter Louis Martin-Chauffier, collaborateur du *Figaro*, J.-M. Hermann, Claude Bourdet ou Germaine Tillion ?

D'ailleurs, à la réflexion – et un enfant, même « écervelé », eût été capable de ce genre de raisonnement –, est-il nécessaire d'avoir connu les camps pour en deviner l'horreur et réclamer leur suppression ? Ou, alors, faudrait-il avoir été guillotiné pour avoir le droit de protester contre la peine de mort ?

Veuillez agréer, Monsieur le Directeur, l'expression de mes sentiments les plus distingués.

Lettre au ministre de la Justice. Parmi les signataires de cette lettre, Théodore Monod, et Robert Barrat, journaliste, Claude Bourdet, Madame Bruhnes-Delamarre, Jean Cassou, écrivain, conservateur en chef du musée national d'Art moderne, Compagnon de la Libération...

Paris, le 14 juin 1960

À Monsieur le Ministre de la Justice Edmond Michelet

Monsieur le Ministre,

Comme vous le savez, à la suite de la manifestation du samedi 28 mai, organisée par l'Action civique non violente, cinq inculpations ont été prononcées contre les membres du « comité d'organisation ».

Nous tenons à vous faire part de notre entière solidarité avec nos cinq amis qui font l'objet de cette inculpation, et demandons en conséquence à subir le même sort qu'eux.

Nous avons en effet accepté que notre nom figurât sur le tract annonçant la manifestation et donné ainsi publiquement notre accord à une initiative dont nous approuvions les objectifs et la méthode, quelle que soit la doctrine que nous professions sur le principe de la non-violence. Dans ces conditions toute discrimination entre nous nous paraît injustifiée.

Veuillez agréer, Monsieur le Ministre, l'expression de notre considération distinguée.

Nucléaire

L'énergie atomique, il ne faut pas le nier, est peut-être un espoir. Mais je ne peux me résoudre à partager l'optimisme des atomistes officiels car, actuellement, personne ne sait ni ne peut savoir quel risque à long terme on fait courir au monde vivant. En négligeant même de considérer les catastrophes qui pourront résulter des accidents survenant dans les usines atomiques, en négligeant les conséquences lointaines des irradiations auxquelles sont exposés ceux qui y travaillent, on peut considérer comme une légèreté monumentale la hâte avec laquelle on développe cette nouvelle industrie, avec laquelle on déverse en mer les déchets radioactifs, sans certitude aucune quant aux risques encourus.

Le 2 août 1997, à Faverges (France), Théodore Monod dépose une gerbe de fleurs devant la stèle érigée à la mémoire de Vital Michalon, militant écologiste tué le 31 juillet 1977 au cours d'une manifestation, lors d'un rassemblement de quelque sept cents militants organisé à proximité de la centrale nucléaire Superphénix de Creys-Malville. Comme chaque année, il participe avec d'autres militants à un jeûne de quarante-huit heures devant Taverny et exprime les raisons de cette manifestation pacifique, ainsi que sa réaction à l'annonce de la fermeture prochaine de Superphénix.

Je suis présent aujourd'hui pour manifester mon hostilité à l'énergie atomique, militaire ou civile. C'est le même combat. Nous sommes engagés dans une voie dont nous découvrons aujourd'hui qu'elle est sans issue. Le problème des déchets est très loin d'être traité correctement et va s'étaler sur des générations et des siècles. J'estime que nous n'avons pas le droit de mettre pareil fardeau sur les épaules de nos descendants.

On peut toujours espérer que la science aura un jour résolu ce problème, mais rien ne le prouve. On a déjà inventé tant de solutions pour traiter les déchets, on peut en inventer encore! Les scientifiques nous ont raconté qu'on allait les vitrifier. On a même commencé à les jeter dans la mer tout simplement. Quelqu'un a aussi proposé d'envoyer les déchets atomiques dans l'espace. Une idée stupide naturellement. Il y en a eu d'autres.

Il faut pourtant distinguer les déchets à court terme et à long terme. Ceux-ci, on ne les connaît pas. Comme les mouvements du sol, par exemple, dans deux siècles ou plus. C'est une imprudence considérable. Nous pouvons avoir des surprises tragiques à ce moment-là.

D'autres problèmes graves se présentent : que faire des centrales à bout de route? Ce sera bientôt le cas des centrales françaises. Pourra-t-on stocker les matières radioactives ou les recouvrir? Créer des paysages de montagnes artificielles de béton? Nous n'avons pas de solutions.

L'homme joue à l'apprenti sorcier, et ce depuis qu'il existe. Malheureusement. Il n'a pas jugé à l'avance les risques qu'il encourait. Ainsi, l'invention de la poudre à canon a été la malédiction du genre humain et des êtres vivants. Si on l'avait su au début, on n'aurait pas dû commencer. [...]

La décision de fermer Superphénix est un signe que nous sommes dorénavant sur la voie de la sortie du nucléaire. C'est un premier pas. [...] Deux ministres et le Premier ministre se sont exprimés sur le sujet. Je pense qu'on peut espérer que nous reviendrons à la raison, peu à peu. C'est un espoir, naturellement. Parce que la raison n'est pas toujours ce qui guide l'homme.

On perfectionne perpétuellement les moyens de détruire. Il faut être très attentif à l'avenir des bombes atomiques dans le monde. Une conflagration internationale atomique serait mille fois Hiroshima. Les choses commencent à bouger avec l'arrêt des essais atomiques. Maintenant, il faut arriver à un traité international qui interdise la possession de ces objets. Arriver à la destruction. Le traité de non-prolifération le dit mais n'a pas été suivi d'effets.

Je serai la semaine prochaine à Taverny, pour un jeûne d'interpellation en souvenir des bombardements d'Hiroshima et Nagasaki. Nous ne serons pas plus de vingt, le même nombre depuis dix ans. Le peu que l'on peut faire, il faut le faire, mais sans illusion. Tant que les hommes aimeront la guerre, ils continueront à être menacés. Et ils l'aimeront peut-être jusqu'à leur disparition.

O

O.A.B.A. (ŒUVRE D'ASSISTANCE AUX BÊTES D'ABATTOIR)

Madame la Présidente, il n'était pas prévu que je prenne la parole au cours de cette assemblée générale, mais puisque vous voulez bien m'y convier, je dirai quelques mots quand même.

D'abord, bien entendu, je voudrais dire tout ce que j'éprouve à l'égard de l'association de l'OABA et pour l'œuvre qu'elle continue grâce à vous à travers notre pays où il y a encore tant de problèmes à régler et où les choses ne vont pas toujours aussi rapidement que nous le souhaiterions.

En réalité, l'animal dans notre civilisation, prétendue chrétienne et même soi-disant chrétienne, reste dans une situation très cruelle et méprisée car l'animal n'est en général pas considéré comme un être sensible, par conséquent souffrant, il est considéré comme un objet, comme un matériel, et ce sont les mots que l'on emploie souvent, même dans les textes administratifs.

D'ailleurs, il n'y a pas que l'administration qui soit de cet avis. Les Pères de l'Église, qui ont beaucoup réfléchi et ont laissé une littérature colossale, étaient déjà de cet avis.

Les deux patrologies de l'abbé Migne, la grecque et la latine, comprennent chacune 200 volumes in-quarto imprimés sur deux colonnes. On peut imaginer la dimension de cette littérature. Mais je voulais vous parler de leur opinion sur les animaux.

Les Pères de l'Église avaient décidé que l'animal n'avait été créé que pour l'utilité ou le plaisir de l'homme. Personne, même un théologien, n'oserait actuellement affirmer une chose pareille, d'autant plus que ces braves Pères de l'Église auraient quand même pu – ils ne pouvaient pas savoir qu'il y avait eu des trilobites, des ammonites ou des dinosauriens – s'apercevoir qu'autour d'eux il y avait des animaux comme les serpents venimeux ou des insectes vulnérants – les moustiques existaient déjà au début de l'ère chrétienne – etc., au lieu d'affirmer que les animaux n'avaient été créés que pour l'utilité ou le plaisir de l'homme…

Ce genre d'opinion a fait du mal. Ensuite, il y avait déjà les séquelles de la barbarie ancestrale, qui peut-être ne remonte pas aussi loin que nous l'avions quelquefois pensé.

Quelqu'un m'a fait remarquer récemment qu'il n'était pas certain que l'homme préhistorique (il faut préciser le moment naturellement, jusqu'au néolithique inclus) soit aussi brutal et aussi violent que nous le sommes devenus depuis.

Ce correspondant, qui m'écrivait ces jours-ci, croyait pouvoir conclure que la grande évolution de l'histoire humaine en direction de la violence, de la cruauté, de la guerre, etc., coïncide avec l'âge du bronze et non pas avec la préhistoire : je ne sais pas si la chose est vérifiable et si elle a été vérifiée, mais c'est quand même une idée intéressante car nous avons l'impression que plus on recule vers le passé, vers nos ancêtres animaux, plus les comportements étaient brutaux et barbares.

[...] Il y a encore des choses à apprendre du monde animal, certes, celui-ci est très varié. Quand nous parlons d'un animal, en réalité, nous pensons pratiquement toujours aux vertébrés et, à l'intérieur des vertébrés, aux mammifères. C'est humain car ce sont les plus proches de nous.

Mais les animaux, cela commence très loin dans l'histoire de la vie.

Les éponges sont des animaux, et pourtant je ne me sens pas très proche d'une éponge bien sûr, mais ce sont quand même des animaux d'autant plus remarquables qu'ils ne possèdent pas de système nerveux. Cependant, elles se nourrissent, se reproduisent et possèdent même la propriété extraordinaire de pouvoir reconstituer un individu dont les cellules auraient été préalablement dissociées.

On ne peut en faire autant avec un oiseau, une souris ou un poisson. Les éponges ont cette faculté. Elles sont quand même très loin des vertébrés, et quand nous pensons au concept d'animal, ce n'est évidemment pas à ces éponges que nous allons songer.

La situation de l'animal demeure misérable dans notre société qui est si orgueilleuse… : nous nous croyons les rois de la Création et les trois grands monothéismes nous l'ont enseigné ou ont tenté de nous l'enseigner.

Il y a un terrible verset dans la Bible. Ouvrez le livre de la Genèse au chapitre IX, verset 2 : « Soyez la terreur des êtres vivants. » On a essayé d'ergoter un peu sur la grammaire de ce verset car ce n'est pas un verset plaisant. Ce texte est d'âge d'ailleurs relativement tardif car on se trouve alors après le Déluge, au moment où une deuxième alliance est conclue entre la Divinité et les rescapés.

« Soyez la terreur des êtres vivants. » Des traductions varient légèrement, mais l'idée est malheureusement toujours la même. Voilà un commandement qui a été tristement, je crains, observé, d'autant plus qu'il faut remarquer que c'est à ce moment, dans la tradition biblique, que commence l'utilisation de la viande comme aliment.

Le premier récit de la Création – il y en a plusieurs – spécifie qu'au jardin d'Éden le régime de l'homme était végétarien. C'est après le Déluge qu'a commencé le massacre des êtres vivants pour les dévorer.

[...]

Ne parlons pas des jeux sanglants, bien entendu, de la corrida qui est la honte de deux pays méditerranéens, de la chasse à courre, de la chasse tout court, etc.

Le martyre des animaux est une question considérable.

Il paraît que les combats de coqs commencent à s'installer dans la région de Perpignan. Qu'attend le gouvernement pour légiférer dans ce domaine ? On croyait que cette horreur n'existait que dans le Nord. Voilà que cela va exister maintenant dans le Midi.

J'ai suffisamment bavardé et je fais confiance à l'OABA pour l'avenir en faveur de nos pauvres animaux qui ont bien besoin que l'on se penche un peu sur leur sort qui est si cruel en l'an de grâce 1992 en France.

Objection de conscience

Jean Fabre, président du Parti radical, est arrêté en France le 18 octobre 1979 pour insoumission, dans le cadre de la campagne internationale de désobéissance civile contre les dépenses militaires et pour la reconversion des structures militaires en instruments pour la lutte contre l'extermination par la faim. Le livre dont est issu ce témoignage recueille les documents du procès qui s'est déroulé contre Jean Fabre le 27 novembre 1979 devant le Tribunal militaire de Paris. Condamné à six mois de prison, dont une remise de peine de cinq mois, il est remis en liberté au lendemain du procès, ayant déjà purgé quarante jours dans la prison de Fresnes.

Intervention de Théodore Monod cité comme témoin.

Les poursuites engagées contre Jean Fabre, et d'ailleurs un grand nombre d'autres jeunes, soulèvent un certain nombre de problèmes, et provoquent un certain nombre de réflexions.

La première qui me vient à l'esprit et sur laquelle je n'insisterai pas, c'est le rôle des tribunaux d'exception qui ne sont pas à l'honneur de la justice française.

Le second point concerne le statut de l'objection de conscience. Je sais qu'administrativement Jean Fabre n'entre pas dans ce cadre, mais on ne peut séparer ce problème du sien. Le statut en France a été qualifié, par Jean Fabre lui-même, de « tolérance pénalisée ». Je voudrais insister un peu sur un fait qui peut paraître singulier à l'observateur, concernant la société française. C'est ce caractère sacré, et pour certains quasi divin, qu'a fini par prendre l'institution militaire, chose extrêmement surprenante. Si des Papous nous envoyaient des ethnologues, ils seraient singulièrement surpris par le poids de cette institution.

En France, vous pouvez impunément, en toute liberté, attaquer n'importe quelle institution, l'Église, l'école, l'épicerie... Il n'y a qu'une institution qu'on ne puisse attaquer, c'est l'armée. Ajoutons, avec votre permission, que le crime de sacrilège qu'on pensait disparu depuis 1830 paraît, dans certains cas, être considéré comme encore en vigueur. La notion d'« injures envers l'armée » expose encore certains à des peines rigoureuses. J'ai essayé de m'informer sur l'origine de cette chose; on retombe encore une fois sur Napoléon qui écrivait : « Ma volonté est que mes drapeaux soient honorés avec des sentiments religieux. » L'institution militaire est bien une religion. Je rappelle également un passage de *La Marseillaise* : « Qu'un sang impur abreuve nos sillons... » Est-il possible pour des Français d'admettre qu'il existe un « sang impur »?

Je voudrais, pour terminer, élever le débat et l'élargir à sa dimension véritable qui est planétaire. Si on observe l'état actuel du monde, on s'aperçoit que certaines angoisses sont véritablement fondées. On l'a constaté, on le sait aujourd'hui : le vieux système de la force armée conduit nécessairement à la faillite. On sait que la course aux armements ne conduit à rien d'autre qu'à rendre la conflagration suivante plus cruelle et plus meurtrière. S'il reste encore des hommes un jour, ils se demanderont comment il aura fallu tant de siècles pour arriver à comprendre que la guerre est une stupidité, et ils se demanderont quelle civilisation pouvait bien être une civilisation qui a des écoles pour apprendre à tuer son prochain.

On dira : « Vous êtes des utopistes », mais l'utopie est-elle l'irréalisé ou l'irréalisable ? Et quand on voit ces jeunes qui disent : « Nous continuons à espérer que nous allons sortir de cette barbarie primitive, que nous parviendrons à sortir l'homme de la préhistoire ; nous sommes sortis de l'âge des cavernes, pourquoi ne sortirions-nous pas de l'âge des casernes ? », c'est un message que je trouve pour ma part salutaire et prophétique. Ou l'humanité continuera à se détruire, ou elle découvrira qu'il y a d'autres formes de défense possibles que la bonne vieille défense armée à laquelle nous sommes accoutumés.

Voilà donc un message qui mérite réflexion, message courageux et qui, je crois, doit être reçu avec gravité, avec sympathie et respect, de la part des hommes libres ; je veux dire par tous les hommes libres, parmi lesquels je place, naturellement, les magistrats de mon pays.

LE PRÉSIDENT. – Nous vous remercions, Monsieur le Commissaire du gouvernement a-t-il des questions à poser au témoin ?

COMMISSAIRE DU GOUVERNEMENT. – Non.

LE PRÉSIDENT. – La défense a-t-elle des questions à formuler ?

JEAN FABRE. – Oui. J'aimerais demander au Pr Monod s'il a participé à la marche pour la démilitarisation, de Metz à Verdun, en 1976, et dans ce cas pour quelles raisons ?

THÉODORE MONOD. – Oui, j'ai participé à cette marche en 1976, bien qu'étant déjà d'un certain âge... C'était pour manifester les convictions que je viens de développer, ma sympathie pour la générosité des jeunes qui veulent changer les choses, et épargner à l'humanité les désastres qui la menacent.

LE PRÉSIDENT. – Nous vous remercions. Vous pouvez disposer, et vous pouvez si vous le désirez vous joindre au public dans la salle. Étant donné la longueur des débats, et pour répondre à une requête formulée également pour la défense, conformément à l'article 213 du code de justice militaire, les débats sont suspendus pour une heure et reprendront à vingt heures trente.

OCÉAN

Les trois quarts de la surface continentale – enfin pas tout à fait les trois quarts, ça doit faire 73 % –, près des trois quarts de la surface de notre globe, de notre planète, sont recouverts par de l'eau marine. Autre remarque qu'il ne faut pas oublier : cette eau marine, ce n'est pas une pellicule, ce n'est pas une surface, c'est un volume, et un volume dont la profondeur moyenne est tout simplement de quatre kilomètres. Alors on s'explique que ce gigantesque milieu physique et biologique joue à la surface de notre planète, dans différents domaines, des rôles qui sont extraordinairement importants. Pensez d'abord au climat par exemple : les océans jouent, au point de vue climatique, un rôle très important, en tant qu'accumulateur de chaleur, ou également comme transporteur, par les courants, de chaleur, et quelquefois de froid d'ailleurs (il y a des courants chauds et des courants froids)… Vous connaissez tous le Gulf Stream, qui transporte, depuis l'Amérique tropicale jusqu'au nord de l'Europe, des eaux à une température relativement élevée. Eh bien, que se passerait-il s'il n'y avait pas de Gulf Stream ? Paris aurait un climat sibérien, il ferait moins quarante en hiver. C'est très important au point de vue climatique. [...] Évidemment, tout le monde sait que c'est l'évaporation à partir de la surface des mers qui nourrit l'humidité atmosphérique et par conséquent les nuages, et par conséquent la pluie… Le cycle de l'eau exige naturellement la mer comme point de départ, et aussi comme point d'arrivée puisque les rivières retournent peu à peu à l'océan.

Les biologistes marins sont extrêmement inquiets de ce qui se passe actuellement dans un certain nombre de mers du globe. [...] Tout le monde a vu ce qui se passe sur les plages de la Méditerranée… Des golfes, des lagunes, etc. L'étang de Berre, eh bien l'étang de Berre, il est pratiquement mort. Le golfe de Fos ne va pas tarder à suivre, bien entendu, avec ce qu'on va y déverser. Il faut réfléchir à ça. Il y a un certain nombre d'aspects à ces problèmes de la péjoration du milieu marin, l'attaque de l'homme vis-à-vis du milieu marin. On peut prendre quelques exemples bien sûr. Tout le monde pense aux hydrocarbures, au pétrole, au mazout, etc. On a vu en plein océan tropical des quantités de plaques, de plages, de sortes de galettes d'hydrocarbures, qui sont là, qui circulent dans des endroits où il y a quelques années l'eau de mer était parfaitement propre en surface. Alors, il y a les accidents, bien sûr… Le *Torrey Canyon* en 1967, tout le monde pense à cette marée noire-là. Ça a été grave, mais c'était un jeu d'enfant à côté de ce que nous allons voir un jour, quand nous aurons ces bienheureux pétroliers de 500 000 tonnes et plus peut-être, qui vont naviguer dans nos eaux côtières, et puis au large aussi, parce que, au fond, il n'y a pas tellement de distinction entre la côte et le large… La mer, c'est d'un seul tenant, c'est le même bocal, c'est votre bocal, mais très grand. Les bêtises qu'on fait à un bout du bocal, tôt ou tard, se répercutent de proche en proche jusqu'au fond de ce bocal, et jusqu'à l'autre bord de ce bocal. Alors ce serait peut-être une raison d'être un peu plus prudent qu'actuellement. Le *Torrey Canyon*, c'est une histoire très intéressante [...]: j'ai entendu une conférence très technique sur la navigation, le mode de navigation du *Torrey Canyon*, ce cargo qui appartenait – c'est encore une curiosité – à une société qui se trouve aux Bahamas, qui était affrété par une société britannique, qui battait pavillon libérien et qui était commandé par un commandant italien ; c'est un milieu très œcuménique, très international ! Eh bien, au point de vue navigation, il semble que l'imprudence commise, qui a conduit à l'échouage, [...] a été décidée pour gagner une demi-heure sur la rotation du navire, qui espérait arriver encore à temps pour la marée au port pétrolier qu'il devait atteindre. Voilà ce qu'on fait : il faut que ces énormes navires, évidemment, aient une rotation très précise et puis, un jour de retard, ce sont plusieurs nombres de millions considérables, etc., etc. Voilà les risques ! Alors, le *Torrey Canyon*, petit incident… Je suppose que nous verrons beaucoup mieux.

Et puis, les forages profonds ! On va maintenant nous faire des forages pétroliers profonds dans la Méditerranée, comme si la Méditerranée n'était pas déjà suffisamment malade ! Qu'est-ce que ça veut dire, un forage profond ? On va chercher du pétrole à 2 000 mètres, à 1 000 mètres, à 3 000 mètres peut-être, et qu'est-ce qui va se passer s'il y a un accident au fond, un accident de forage ? Si on atteint une nappe jaillissante et qu'on ne puisse pas reboucher le trou après, par exemple ? Ou s'il y a un tremblement de terre, un tremblement du fond de la mer, ça arrive dans la Méditerranée ! Il y a eu un accident grave, sur la côte de Californie à Santa Barbara, qui est très connu des océanographes. Mais c'était à une profondeur faible, c'était près de la côte, on a pu – au bout d'un certain temps, après l'écoulement d'une masse énorme d'hydrocarbures ! – on a pu arriver à reboucher le trou. Mais le jour où on fera un trou pétrolier et qu'on le laissera cracher à 3 000 mètres de profondeur, personne au monde n'ira reboucher ce trou ! Et ce sera peut-être accélérer encore la mort de la Méditerranée.

Autre menace pour la mer : les déchets radioactifs. On ne sait pas qu'en faire, personne ne sait ce qu'il faut en faire ! Il n'y a pas de solutions. On nous dit bien qu'il y en a, mais, en réalité, il n'y en a pas pour l'instant. Et la masse de ces déchets croît dangereusement, chaque année, il y en a davantage. Certains de ces déchets sont des substances très dangereuses à conserver et qu'il va falloir surveiller très longtemps. Certaines d'entre elles doivent être surveillées des milliers d'années avant de devenir inoffensives. Mais tous les ans, tous les étés, un bateau qui s'appelle le *Topaze* – il est bien connu, il y en a des photographies dans les livres ou dans les journaux – fait la collecte des déchets, de ces saletés... La France ne participe pas actuellement à ces dépôts de déchets radioactifs dans l'océan Atlantique, mais on va en Belgique, on va en Hollande, en Angleterre, etc., et puis on emmène ça dans l'Atlantique et on largue ces fûts sans savoir du tout quelles seront les conséquences, tôt ou tard, pour la faune ! Parce que ces fûts sont en principe solides, il paraît qu'il y a du béton. Mais l'eau de mer ronge n'importe quoi et nous ne savons pas du tout ce qui se passera dans cinquante ans ou dans cent ans. C'est un exemple des imprudences de l'homme moderne.

Il y a les effluents industriels, les saletés que crachent les usines, soit directement, soit par l'intermédiaire d'une rivière. Tout le monde connaît l'histoire des boues rouges de la firme italienne, au nord de la Corse. On a pu constater d'ailleurs des accidents très intéressants sur la peau de certains cétacés, qui ont été certainement atteints par ces déchets. Mais ces boues, il y en a ailleurs, il y en a dans l'estuaire de la Seine, il y en a près de Dunkerque aussi, qui rejette à peu près la même chose que ce que jetait la société Mantetezone. [...] Oui, on sait ce qu'il faudrait faire, il faudrait d'abord interdire ce genre de choses, et puis obtenir que l'interdiction soit observée, mais il faudrait surtout décider qu'on fera les frais d'une industrie propre. Rien n'est impossible, on peut parfaitement traiter ces choses ; évidemment, ça coûte un peu d'argent, voilà !

La pollution thermique, tout le monde sait ce que c'est maintenant, depuis qu'on a le droit de parler librement de ces questions. C'est le réchauffement de l'eau qui a servi au refroidissement de certaines usines, en particulier les usines destinées à faire de l'électricité, qu'il s'agisse d'usines ordinaires ou de centrales nucléaires. Il faut énormément d'eau pour cela ; [...] c'est un véritable fleuve qui traverse ces usines, le volume de la Loire à l'étiage ! D'ailleurs, pour nourrir les centrales de la Loire, il va falloir faire des barrages pour qu'il y ait suffisamment d'eau afin qu'on puisse diriger un fleuve refroidissant dans ces centrales. Cette eau, elle entre à température normale et elle ressort notablement plus chaude. Ça dépend des saisons probablement, on ne va pas ergoter sur le nombre de degrés, mais enfin, c'est très important au point de vue biologique, parce que beaucoup d'animaux ne supportent pas les changements de température ; ils vivent entre des limites (pas tous, bien sûr), mais beaucoup vivent entre des limites relativement strictes de température. Abaisser ou élever la température de quelques degrés, c'est risquer de faire mourir des quantités d'animaux. Et il n'y a pas seulement les dangers de cette élévation de température, il y a aussi le fait que, de temps en temps, on arrête ce fleuve qui traverse les usines, ne fût-ce que pour nettoyer les crépines et les conduits, etc., qui risqueraient de s'engorger. Alors on arrête tout, on met du chlore, etc. – d'ailleurs, c'est encore un élément polluant supplémentaire, comme s'il en manquait ! –, on arrête tout et là, ça provoque des changements brusques de température. Si vous avez une eau qui est relativement réchauffée, un certain nombre d'animaux s'habitue. Si tout à coup vous arrêtez, la température change brutalement, et beaucoup d'animaux – d'autres animaux – ne supporteront pas non plus ces changements brusques de température. Tout cela est très complexe naturellement, cela demanderait beaucoup de temps, beaucoup d'études, impartiales bien entendu, avant qu'on puisse conclure et savoir quel sera l'effet de ces réchauffements de l'eau. Rien ne prouve *a priori* qu'ils soient catastrophiques. Peut-être que, dans certains cas, ça peut être bénéfique si, avec cette eau chaude, on peut favoriser l'élevage des crevettes, etc., enfin je ne sais pas… ? Mais il faut prendre le temps d'étudier ces choses, honnêtement, scientifiquement, impartialement, avant de se lancer dans des entreprises gigantesques qui intéressent l'avenir, notre avenir, celui de nos enfants, celui de l'homme en général, peut-être celui de la vie sur la planète dans certains cas. Tout cela est un petit peu inquiétant quand on prend le temps de réfléchir. Il faudrait prendre le temps de réfléchir, il faudrait que tout le monde prenne le temps de réfléchir, même les politiciens, même les hommes d'affaires, et même les grands bâtisseurs de béton, d'acier…

L'archéologie préhistorique comme la paléontologie humaine font chaque jour de nouveaux progrès, qu'aucun esprit religieux ne songerait à nier, ou même à regretter. Il est à cet égard significatif de voir un manuel de préhistoire, ayant deux prêtres pour auteurs, paraître revêtu de l'*imprimatur*.

D'ailleurs, à qui sait y regarder à la fois d'assez près et d'assez haut, comment ne pas souscrire à ces mots d'un penseur chrétien, doublé d'un savant authentique, le père Teilhard de Chardin : « Trop de gens s'imaginent que la préhistoire abaisse et détourne dangereusement nos yeux vers le bas et en arrière, vers le spectacle déprimant de quelque "sous-humanité" animale. Juste à l'opposé, son véritable effet est de forcer notre regard à se porter vers le haut et avant, dans l'attente d'une "surhumanité" dont nous ne pouvons encore dire qu'une chose : c'est qu'elle ne parviendra à se former que si nous développons jusqu'au bout, nous-mêmes, les énergies exceptionnellement puissantes d'organisation dégagées par une sympathie interhumaine et les forces de religion. »

Notre respect pour les Écritures, l'autorité de celles-ci se mesurera-t-elle à la concordance qu'elles devraient présenter avec les acquisitions de la science ? N'est-ce pas leur accorder une base bien fragile, quand le progrès de nos connaissances risque d'accentuer l'écart séparant celle-ci du récit traditionnel ? On peut sans doute, et beaucoup l'ont tenté, chercher une solution au problème dans un recours à une interprétation du texte de plus en plus symbolique, de moins en moins littérale.

Ne serait-il pas plus honnête, plus courageux, plus conforme peut-être aux exigences d'un Dieu de vérité, de reconnaître dans le texte sacré à la fois le produit d'une époque, avec ses légitimes ignorances, et le véhicule de la révélation, sans qu'il nous faille nécessairement, et sur chaque point, accepter côte à côte, simultanément, et sur le même plan le plus haut enseignement religieux, normatif, définitif et le point de vue, à bien des égards périmé, du folklore sémitique ?

Ce prétendu conflit de la science et de la foi, si je le considère comme né d'un tragique malentendu, c'est qu'il semble reposer sur une confusion séculaire, et savamment entretenue trop souvent des deux côtés. À partir du moment où l'on admet que la tradition religieuse, au lieu d'apporter à la pensée humaine des faits scientifiques, l'engage dans une attitude particulière à l'égard de ceux-ci, fournit un aliment à la médiation qu'ils font naître, prolonge de simples constatations en réflexion morale, en vie spirituelle et, couronnant tout l'édifice, conduit le savant au seuil du mystère, c'est l'horizon tout entier qui s'éclaire : l'observateur est devenu un adorateur.

Aux découvertes de la science, la foi n'a rien à craindre tant que, fondée sur « la seule chose nécessaire », elle sait échapper aux fragiles appuis du secondaire et de l'accessoire. La science de son côté recherche, tout autant que la foi, la vérité mais dans un domaine différent, elle n'a rien à craindre d'une religion respectueuse du labeur de la découverte du cosmos, renonçant à incliner vers ses propres solutions une quête dont les méthodes lui échappent, mais venant éclairer, réchauffer, enrichir d'une connotation morale et spirituelle nouvelle, une connaissance du monde sans elle incomplète, inanimée, glaciale, voire périlleuse : « Science sans conscience n'est que ruine de l'âme. » La vue du monde moderne nous le prouve assez. Avec la nécessité d'une autorité religieuse, celle qui parle à travers la Bible, et seule capable de poser sur le front d'un homme encore par tant de liens enchaîné à ses humbles origines physiques, avec l'aigrette de feu de la foi morale, le « nom nouveau » qui distingue désormais, parmi toutes les créatures, celle que Dieu appelle aux promesses, aux certitudes, aux révélations de la vie la plus haute, celle de l'Esprit.

Ours

Si on veut sauver les ours des Pyrénées – si on voulait, on ne veut pas en vérité… –, si on voulait les sauver, il faudrait leur foutre la paix, mais pas continuer à créer des routes forestières, à exploiter la forêt, à envoyer les chasseurs faire des battues aux sangliers avec des chiens dans leur territoire, etc. Il faudrait prendre des mesures nécessaires sur des bêtes qui ont besoin d'espace. C'est pratiquement fini, ces ours vont disparaître. Mais on aura fait de beaux discours sans prendre une décision politique courageuse, car on sait très bien que les villageois et les élus sont contre les ours. Ils ne songent qu'à la mise en valeur (comme ils disent) de la montagne, pour le fric, comme d'habitude. Tant que nous vivrons dans une société qui repose directement sur le profit et l'argent, la nature sera saccagée. Puisqu'une chose rapporte, elle est tolérée. Cela va loin, parce ce que c'est la société qu'il faut changer, la structure de la société.

P

Paradis

Un mystique irakien arrive à la porte du Paradis, très surpris de se trouver là. Il interroge le gardien de la porte et lui dit : « Tu vas m'ouvrir la porte à moi, mais pourquoi ? Est-ce que c'est parce que j'ai beaucoup jeûné ? » Le gardien lui dit : « Mais non, ce n'est pas pour cela.

– Est-ce que c'est parce que j'ai beaucoup prié ?

– Mais non, ce n'est pas pour cela.

– Alors, moi, pourquoi suis-je là ?

– Je vais te le dire, répond le gardien, c'est parce qu'une nuit d'hiver, une nuit froide à Bagdad, tu as ramassé une petite chatte perdue et tu l'as réchauffée dans ton manteau. » Voilà. C'est beau cela !

Parc naturel de la Vanoise

Rappelant que, conformément à la loi française sur les parcs nationaux du 22 juillet 1960, ceux-ci sont composés d'une zone périphérique, où des installations touristiques peuvent être admises, et du parc, où toute intervention de ce type est interdite.

Ayant appris que l'intégrité du parc national de la Vanoise (Savoie, France) se trouve gravement menacée par le projet de déclassement – au bénéfice d'une société d'équipement de stations de sports d'hiver – d'une surface de 2 500 hectares englobant, avec le glacier de Chavière et le val de Polset, l'une des plus belles régions du parc et constituant, de plus, le principal refuge de ses bouquetins.

Reconnaissant qu'une telle mesure, exécutée à peine quelques années après la création du parc (1963), malgré le très important mouvement de protestation provoqué en France et ailleurs, ne manquerait pas de constituer un précédent dont les répercussions défavorables dépasseraient largement la région en cause.

Rappelant que le parc national de la Vanoise n'a pu se voir inscrit dans la liste des Nations unies des parcs nationaux et réserves analogues qu'après hésitation quant à l'application du critère de protection.

Constatant qu'une atteinte aussi grave portée aux principes universellement admis dans la définition du parc national ne saurait demeurer sans conséquences quant à son inscription dans la liste des Nations unies dont l'UICN* porte la responsabilité.

La dixième assemblée générale de l'UICN se réunissant à La Nouvelle-Delhi en novembre 1969.

Adresse un appel pressant au gouvernement français pour qu'il respecte les principes adoptés en 1960 et maintienne le parc national de la Vanoise dans toute sa splendeur.

PARDON

Les chrétiens devraient savoir ce que veut dire le mot « pardon », mais nous préférons nous pardonner à coups

---

* Union internationale pour la conservation de la nature et de ses ressources (NDE).

de canon, avec les bons résultats que l'on sait. On peut donc se demander si les péjorations les plus graves dans l'histoire de l'homme – l'apparition de la cruauté, le goût du sang, la torture, l'esclavage, la guerre – ne seraient pas relativement tardives. Peut-être qu'à l'époque, l'homme, encore très proche de ses cousins animaux, n'aurait pas connu comme ces derniers des rituels de réconciliation. [...]

Nous ignorons à quelle époque a pu s'installer chez l'homme la barbarie qui le caractérise encore aujourd'hui : serait-ce avec la fin de la préhistoire et la vie urbaine ou avec l'apparition d'un métal permettant la multiplication et l'efficacité accrue des armes ?

Paris-Dakar

J'ai été peiné de l'apologie du Paris-Dakar. De l'avis des vrais Sahariens, ceux qui respectent le désert et ses habitants, cette gigantesque entreprise de publicité (et de nouveau en faveur de la drogue-alcool et de la drogue-tabac, hélas) est indécente et arrogante. Quant à l'aspect « humanitaire » que soulignent les organisateurs pour tenter de se dédouaner, c'est, je le crains, une plaisanterie : combien de pompes en place sont en service à ce jour ? L'Afrique envahie par le show-business le plus médiocre et par ces pauvres cosmonautes de cirque, tout bariolés de réclames, avait-elle besoin de ces « héros de l'aventure » et de l'énorme gaspillage qu'ils représentent ? Bien sûr, il restera les épaves qui feront le bonheur des forgerons. Mais cela justifie-t-il tout le reste ? On se demande aussi sous quelle forme et à quel prix sont obtenues les autorisations des États... À ma connaissance, il n'y aurait eu encore qu'un seul refus, celui du Burkina.

Paroisse

Le désert, c'est ma paroisse. Il faut y entrer avec respect. Le désert, c'est la nature sans l'homme, telle qu'elle était avant lui, non défigurée. C'est, par exemple, un océan de dunes qui ondulent ou se déplacent au gré des vents. C'est la nuit bleue piquée d'étoiles. C'est le silence, cette denrée devenue si rare en notre siècle de vitesse et de bruit. On a parlé de sacrement du silence, car le désert porte à la contemplation.

Passion

Un naturaliste ne s'ennuie jamais et nulle part. Partout, même dans les rues de Paris, il peut s'intéresser à quelque chose.

Avec un collègue du Muséum, nous faisons l'inventaire de la faune et de la flore de l'île Saint-Louis. Il y a déjà quatre à cinq ans que nous y travaillons et ce n'est pas fini. Il y a des choses très remarquables, par exemple, j'ai trouvé des éponges sous le pont Marie, quantité d'éponges, et sous le pont Sully, j'ai trouvé une méduse ; bien sûr, elle n'est pas bien grosse, environ six dixièmes de millimètre, mais elle a été trouvée quand même.

Pasteur (père)

Je compte dans mon ascendance cinq générations de pasteurs. Je suis moi-même fils d'un pasteur qui est bien connu dans le protestantisme français pour son œuvre et ses écrits. Le fait d'être né dans un foyer pastoral comme celui de mes parents a été pour moi plutôt un bénéfice et même une bénédiction. C'est là que j'ai découvert, au contact de mes parents, que s'il y avait un christianisme spirituel, il y avait aussi, non moins indispensable, un christianisme social, et qu'on ne pouvait pas envisager une foi chrétienne désincarnée, indépendante de toute préoccupation des autres êtres vivants et en particulier des êtres humains. C'est dans le foyer de mes parents que j'ai appris à lire la Bible dans cette optique messianique. Mon père disait qu'il y avait d'une part les Églises, c'est-à-dire un Messie sans messianisme, et d'autre part, il y avait le socialisme et le mouvement d'émancipation des hommes qui était un messianisme, certes, mais sans Messie. Son ardente espérance était que ces deux courants vinssent à converger et à travailler ensemble au bien des êtres humains. Mon père était très ému le jour où le « parti ouvrier belge » a publié sous une belle couverture « sang de bœuf » l'Évangile selon saint Matthieu. C'est, je crois, en 1906. Cette publication fut très émouvante pour mon père, puisque cela rejoignait ses convictions intimes et toute l'évolution de sa pensée. Comme l'a raconté récemment dans un livre le professeur Gagnebin, mon père était parti d'une jeunesse bourgeoise, pieuse, mais peu au courant de la condition ouvrière. Il l'a découverte à Condé-sur-Noireau, petite ville industrielle de Normandie.

Il a découvert des choses qu'il ignorait : le patronat de droit divin, qui était d'ailleurs en partie protestant dans cette petite ville. Il a découvert le prolétariat, les grèves. Il a découvert, en somme, la condition ouvrière et malheureusement aussi l'alcoolisme. C'est à partir de cette période de sa vie qu'il s'est attaché à la lutte contre l'alcoolisme en France et qu'il est entré à la Croix-Bleue, comme membre solidaire, par fraternité envers les victimes de cette drogue. On parle peu de cette drogue et on la pourchasse peu.

PLONGER

Plonger, c'est autre chose. C'est franchir le miroir de la surface de l'eau, et franchir d'un seul coup, avec la brutale rapidité d'un couperet, les frontières d'un monde décidément très dissemblable au nôtre, c'est crever la paroi d'un royaume où régnera bientôt une totale obscurité et où la pesanteur, loin de vous assurer un retour automatique vers l'air et la lumière, s'efforcera tout au contraire de vous engloutir pour toujours et de préparer à de très lointains géologues d'énigmatiques découvertes : un squelette humain fossilisé, avec quelques dents de requin et divers os de cétacés, dans une roche qui, au quaternaire, paraît avoir été une vase abyssale.

Ici, c'est le tout ou rien. On n'est pas « un peu » sous la mer ou « davantage ». On est ou dans l'air, ou dans l'eau. Deux mondes séparés par un fragile satin qu'il n'est souvent que trop aisé de déchirer et qui se refermera sur votre agonie plus solide que la plus pesante des dalles funéraires.

POISSONS

Les formes des poissons sont très extraordinaires, et leurs formes sont en rapport avec leur mode de vie bien entendu, en particulier leur mode de propulsion, de locomotion. On sait bien que les poissons, qui sont de grands nageurs puissants comme les thons et bien d'autres, certains requins, les espadons, les voiliers, sont des poissons fusiformes, sont des poissons dont l'adaptation s'est faite dans le sens de l'hydrodynamique bien entendu, et ce sont des formes extrêmement profilées, extrêmement efficaces; ils atteignent d'ailleurs des vitesses de nage relativement considérables. Les thons, par exemple, peuvent atteindre 70 km/h, alors qu'un poisson comme le brochet, qui est un poisson rapide mais qui n'est rapide que sur quelques mètres, ne dépasserait pas 7 à 8 km/h, une épinoche, ce serait de l'ordre de 2,5 km/h, c'est relativement peu de chose; mais les très grands poissons, très musclés, qui sont des grands nageurs, qui font des grands voyages, ont une musculature considérable et une forme fusiforme. Vous avez des poissons qui sont au contraire des poissons plats, complètement plats, comme les soles, les plies, les carrelets, les flétans, etc. qui sont des poissons aplatis dans un certain sens. Une larve de sole ressemble à une larve de maquereau, ou de hareng, c'est un alevin avec un œil de chaque côté ; le crâne symétrique, la bouche au milieu, etc. ; elle nage, elle est en pleine eau, mais à partir du moment où cette larve va abandonner la vie libre et nageuse pour se poser sur le sol, le sable par exemple, on assiste à un phénomène extraordinaire, c'est une sorte de version somatique, elle se couche sur un des côtés et puis la tête devient dissymétrique ; le résultat, c'est que finalement les deux yeux sont du même côté alors qu'au début il y en avait un de chaque côté ; à la fin du processus, ils sont du même côté. Alors il y en a qui se couchent à droite, d'autres à gauche, de façon constante, et il y a des espèces qui ne se sont pas encore décidées ; certains individus se couchent à gauche, certains à droite, je crois que ça fait à peu près 50 %, ce qui est normal, mais ce n'est pas fixé chez ceux-là, c'est assez singulier. Il y a des poissons dont les nageoires deviennent des sortes de membres. Bien sûr l'anatomie de ces nageoires est l'anatomie banale des autres nageoires de poissons, mais le fonctionnement de ces nageoires est le fonctionnement d'une main, par exemple. Vous connaissez les trigles (les rougets grondins, pas les rougets barbets) : si vous regardez la pectorale des rougets grondins, vous verrez que certains rayons de la pectorale sont devenus des espèces de doigts qui facilitent la propulsion de l'animal sur le fond. Et vous avez l'*Antennarius*, le petit poisson grenouille qui vit dans les Sargasses par exemple, qui a une petite patte avec laquelle il peut s'accrocher aux algues, se promener à l'intérieur de ces buissons d'algues, etc., c'est une petite main. Et le *périophthalme*, qui est un poisson amphibie, qui vit dans les palétuviers, dans les mangroves en particulier, sur les plages tropicales : il a des membres antérieurs, des nageoires pectorales sur lesquelles il s'appuie comme un petit mammifère, comme une grenouille peut s'appuyer sur ses pattes. Il se demande s'il ne va pas se décider pour la vie aérienne, il en est encore loin mais il y a encore une très curieuse particularité du périophthalme, c'est que ce *périophthalme* peut respirer l'air en nature par différents procédés (une cavité branchiale très irriguée, la queue également – quand la queue est dans l'eau, il peut respirer par l'extrémité postérieure de son corps) et c'est un poisson qui peut se noyer, ce qui est une chose relativement singulière pour un poisson, si on l'empêche de remonter à la surface. Ce n'est pas le seul, mais c'est une chose assez rare.

Politiques (hommes)

Les hommes politiques !... La limite de leur rayon de pensée, c'est la prochaine élection.

Possession

Nos existences sont compliquées, volontairement compliquées, d'ailleurs avec notre complicité. Il faut très peu de chose pour vivre, matériellement. Le désert donne cette leçon. Et nous possédons trop de choses aussi. Mon père disait : « Nous sommes possédés par nos possessions. »

Prière

Plus que la prière, c'est la méditation des textes bibliques qui me nourrit, ou devrait me nourrir. Car, à la vérité, il faut bien reconnaître que... Je ne suis pas chrétien. Qui peut se dire vraiment chrétien ? Je ne suis qu'un obscur apprenti qui marche loin, très loin derrière son Maître. J'ai encore beaucoup de chemin à faire pour gravir la montagne. Cette montagne au sommet de laquelle tous les croyants se retrouveront un jour, dans la lumière. Je suis certain que quelqu'un nous attend au sommet mais je ne sais pas qui il est, ni quelle forme il a. Je me méfie des représentations de Dieu. Pourquoi donc faudrait-il se laisser enfermer par l'image traditionnelle (mais tardive dans l'histoire du christianisme) d'un vieux monsieur barbu ? Et pourquoi pas une jolie femme ? Je plaisante... Mais je crois qu'il faut se garder des tentations anthropomorphiques. Dieu n'est ni homme ni femme. C'est une force d'amour, une lumière, un esprit qui échappe totalement à notre compréhension. Ce n'est qu'après notre mort que nous saurons enfin. Sans doute ne suis-je plus, à 94 ans, très loin de connaître la réponse.

PROFIT

Actuellement, il suffit qu'une chose soit rentable pour qu'elle soit licite, approuvée. Concernant la protection des forêts ou des espèces, on continuera à saccager, puisque cela rapporte ! Un exemple précis : les derniers ours des Pyrénées vont mourir, c'est devenu évident. Il y a eu de beaux discours. Même le chef de l'État en a fait un. Il faut maintenant interdire à l'ONF de continuer à faire des routes forestières à travers le domaine de l'ours, ces animaux ont besoin de beaucoup d'espace pour se nourrir, se reproduire. Il faut simplement les laisser en paix ou ils vont mourir : ce n'est pas glorieux. Et les océans ! Heureusement pour l'Antarctique, les Américains ont fini par accepter un petit moratoire de cinquante ans. On craignait fort justement qu'avec les Japonais, ils n'insistent en faveur d'une exploitation minière. Peut-être ont-ils eu un remords tardif ? Les

Japonais n'en ont toujours pas eu quant à la destruction des baleines, par exemple ! [...]

Il y a de quoi être découragé. Il ne faut pas céder à la tentation du désespoir, même quand elle est forte. Il n'est certes pas facile de sauver l'espérance, les choses ne vont pas vite. Quand on peut manifester sa solidarité avec des gens en difficulté, il faut le faire, même si les résultats n'en sont pas très visibles. Je ne vois pas en quoi le fait que je croie en Dieu et que d'autres n'y croient pas pourrait modifier mon attitude contre la guerre, contre l'injustice, contre la violence. Tant que l'on jugera les États d'après le chiffre de leur PNB, on n'ira pas loin ! La somme arithmétique des activités m'intéresse d'autant moins que si l'alcoolisme augmentait encore en France, cela s'inscrirait encore favorablement dans le PNB, il faudrait beaucoup plus d'argent pour les jambes de bois ! Je demande à ce que l'on calcule le bonheur national brut. C'est très difficile en chiffres, mais ça aurait un sens !

PROGRÈS

Revenir à une vie naturelle est on ne peut plus souhaitable. Mais cela ne veut pas dire qu'il faille tourner le dos au progrès – du moins si l'on veut bien s'entendre sur le sens du mot progrès. S'il veut dire « vivre mieux », je pense que présentement nous tournons le dos au progrès dans ce monde qui s'intoxique de ses déchets, où nous sommes saturés de bruit et condamnés à une vaine hâte et une angoisse croissante. Je n'appelle pas progrès la victoire technique inutile dont on ignore les conséquences proches ou lointaines. Je ne considère pas comme apparentée au progrès une invention qu'on industrialise non parce qu'on en avait besoin mais parce que techniquement on pouvait la réaliser – même si elle est ruineuse, et même si elle lance les foules sur la voie de nouvelles dépenses inutiles.

L'humanité n'attendait pas avec impatience le moment où l'on pourrait gagner quelques heures sur le trajet Paris-New York. Mais parce qu'on pouvait techniquement réaliser le Concorde, on s'est mis à le construire. Peut-être, avec la même somme, aurait-on pu rénover nos hôpitaux et doter l'Éducation nationale. Oui, je suis pour le progrès, mais pour moi, il n'y a pas de progrès là où il y a délire technique et sacrifice des valeurs essentielles de la vie. La sauvegarde de la nature me paraît centrale parmi ces valeurs et, dans son désordre actuel, la civilisation technique en fait bon marché.

PROTESTANTISME LIBÉRAL

On est, dans une large mesure, ce que l'éducation, l'enseignement, les influences diverses nous ont faits. J'ai eu le privilège d'être élevé dans ce type de protestantisme que l'on pourrait nommer « libéral » si le mot avait encore le sens précis qu'il a pu avoir au XIXe siècle, c'est-à-dire un christianisme attachant plus d'importance à l'eu-praxie qu'à l'ortho-doxie, à la rectitude de la conduite qu'à l'adhésion à un catalogue de propositions dogmatiques, en bref au message évangélique qu'aux formulations des grands symboles, de Nicée ou d'Athanase. La foi pour nous ne se superpose pas à la croyance, la primauté demeure à la vie et à l'esprit plutôt qu'à la lettre d'un texte.

PRUDENCE

Je ne peux me résoudre à partager l'optimisme des atomistes officiels car actuellement personne ne sait ni ne peut savoir quel risque à long terme on fait courir au monde vivant. En négligeant même de considérer les catastrophes qui pourront résulter des accidents survenant dans les usines atomiques, en négligeant les conséquences lointaines des irradiations auxquelles sont exposés ceux qui travaillent, on peut considérer comme une légèreté monumentale la hâte avec laquelle on développe cette nouvelle industrie, avec laquelle on déverse en mer des déchets radioactifs, sans certitude aucune quant aux risques encourus.

[...] Je n'affirme pas l'évidence d'un danger puisque, et c'est précisément sur ce point que j'insiste, personne n'est encore en mesure de l'évaluer. C'est pourquoi je trouve coupable la hâte avec laquelle on se lance dans une aventure qui peut avoir d'aussi lourdes conséquences. Par ailleurs, vous me demandiez si l'énergie atomique peut nous sauver de la pénurie. Je répondrai que la question ne se pose que dans la mesure où nous ne risquons pas d'être exterminés, avant l'échéance, par les déchets que nous accumulons. La civilisation est dépassée par ses excrétions.

Q

Quantité/Qualité

Notre civilisation [...] est à certains égards inhumaine, profondément inhumaine, parce qu'elle a opté – elle a fait des choix – pour le plus contre le mieux, c'est-à-dire pour la quantité plutôt que pour la qualité. On pourrait aussi dire pour l'avoir plutôt que pour l'être. Cela donne des hommes vides aux mains pleines. Eh bien, des hommes vides aux mains pleines, ça n'est pas ce que j'appelle l'homme complet, ça serait plutôt des hommes pleins de quelque chose de vrai, même s'ils n'ont pas les mains pleines. On peut grouper un certain nombre de caractères de l'homme actuel, qui ne sont tout de même pas favorables à l'éclosion d'une humanité améliorée, si je puis dire, enfin, pacifiée, équilibrée, fraternelle. Ce sont des choses qui vont de soi, mais enfin, on peut les rappeler : cet appétit de la puissance, à tous les niveaux, à tous les stades, depuis l'individu jusqu'à l'État ; les excès de l'orgueil, également à tous les niveaux ; le mépris de ce qui est différent – nous avons beaucoup de peine à admettre que d'autres êtres vivants (d'autres hommes, et aussi d'autres êtres vivants, parce qu'il faudrait faire entrer les autres êtres vivants dans le tableau) soient différents de nous, nous ne comprenons pas qu'il puisse y avoir plusieurs modes de vie également légitimes, plusieurs types de civilisations ; nous parlons toujours de la Civilisation avec un C majuscule, et comme par hasard il y a la nôtre, c'est quand même curieux comme démarche intellectuelle, il y en a d'autres, mais nous avons de la peine à les accepter comme telles, nous avons toujours une tendance au palmarès, nous voulons toujours sérier les choses, faire des hiérarchies, dire que celui-là est meilleur que celui-là, ce pays-là, cette race-là, etc. Mais non, tout ça c'est la même chose, nous sommes tous sur le même plan !

R

Recherche

Théodore Monod s'adresse aux jeunes afin de les sensibiliser aux problématiques de la recherche.

Si vous sentez naître en vous une vocation pour des choses scientifiques, qu'il s'agisse de papillons, de fossiles, de champignons, de nuages, d'étoiles, de courants marins ou de préhistoire, de maladies ou de remèdes, songez aux prodigieux champs de recherche et d'action que peut constituer pour vous le domaine colonial français. Ouvrez les yeux sur le monde. Ne prenez pas racine. Il y aura toujours en Europe des universités, des laboratoires, des savants : le travail se fait. Aux colonies, celui-ci, faute de chercheurs en nombre satisfaisant, se fait peu ou pas du tout. Il faut qu'il se fasse. En serez-vous ?

Réconciliation

La jeunesse de l'homme explique qu'il soit encore englué dans la sauvagerie. [...] Mais maintenant que les menaces qui pèsent sur le genre humain ont l'ampleur que nous savons, ou bien il lui faut faire la paix, une bonne fois pour toutes, ou bien il lui faut accepter de disparaître. Oui, il faut faire la réconciliation. Récemment, quelque chose m'a beaucoup frappé, car on étudie de très près la sociologie animale, notamment chez certains singes. Il existe des rituels de réconciliation entre les individus à l'intérieur de la communauté. Les singes, comme nous, commettent des délits ; les gamins prennent la banane du mâle dominant qui est le chef de famille, alors ils reçoivent une claque. Le pauvre gamin est terrorisé, il va se cacher. Mais on ne peut pas laisser un membre de la communauté tout seul comme ça, perdu dans la nature. Alors, il y a des procédés, ce sont certains gestes, certaines caresses, certains sons, etc., et il est réintroduit dans la communauté. Le lendemain, je pense qu'il va recommencer à prendre la banane du chef. Mais enfin, le principe est très remarquable. Alors que les hommes se réconcilient à coups de canon, les animaux ont beaucoup à nous apprendre encore.

REFUS

*Lettre de Théodore Monod au comité de soutien et de rédaction d'*Action*, 24 juillet 1968.*

Camarades,

Vous aviez bien voulu, ce matin, quand je suis passé à votre bureau pour y apporter une petite contribution à l'appel publié dans le n° 23, me convier à participer ce soir à une réunion de votre équipe de rédaction. À la réflexion, j'ai préféré vous adresser par écrit les quelques observations qui suivent. Je vous les soumets en toute simplicité.

Votre journal, son titre même le souligne assez, n'est pas seulement un organe de doctrine, ou de discussion théorique, il se veut, et il doit être, une constante incitation à l'action. À l'action sous des formes évidemment très diverses et dont certaines, beaucoup peut-être, sont encore à essayer ou à inventer, ou seulement à redécouvrir.

Il me semble que, dans leur variété, les multiformes types d'action que vous allez chercher à définir et à organiser possèdent un dénominateur commun : le refus. Face aux Pouvoirs, aux Puissances, aux Pesanteurs des Institutions et des Systèmes, le geste utile, et efficace, est une attitude de refus.

Dans le concret, car il faut bien que le refus s'incarne et se manifeste s'il doit à la fois inquiéter le Pouvoir, fortifier la conviction du « refusant » et se faire contagieux, les formes mêmes du refus sont diverses.

En voici quelques exemples :

1) Le *refus de circuler* peut, quand il est organisé avec soin et réalisé avec discipline, déboucher sur un type de manifestation non violente dont la technique est bien connue des spécialistes (Action civique non violente, etc.) qui est à la fois très embarrassante pour les forces dites « de l'ordre » et très visible : imaginez la place de la Concorde occupée par dix mille personnes *assises* et prêtes à se voir relayées par autant d'autres au fur et à mesure de l'enlèvement du premier contingent en direction de Beaujon.

2) *La grève du tabac :* refuser d'alimenter le budget de l'État par le canal de celui de la Régie, c'est découvrir à la fois un signe de ralliement et un mode de défi à la société de consommation qui ne pourrait pas passer inaperçu : les patriotes algériens ont bien su user de cette arme pendant la guerre d'Algérie. Pourquoi verser un impôt involontaire et supplémentaire à un État qui en fera des grenades, des matraques et des boucliers améliorés, transparents ?

3) Le *refus de la guerre* : celui-ci peut prendre des formes variées. Je suis d'ailleurs assez surpris que votre mouvement n'ait pas d'une façon plus fréquente et plus systématique rappelé que l'argent indispensable aux réformes nécessaires, il suffit de le prendre sur les stupides et criminelles dépenses des armements en général et de la force de frappe en particulier. C'est un sujet qui mériterait de se voir traité avec quelque détail dans le journal. Logiquement, le refus de la guerre doit s'étendre à sa préparation et, par conséquent, déboucher sur l'objection de conscience. Je vous envoie une brochure intitulée *Ils renvoient leur livret militaire. Pourquoi ?* où vous trouverez d'ailleurs des pages utiles sur l'armement atomique français.

Je pourrais continuer, mais je n'ai voulu mentionner que quelques points.

Je suis convaincu que votre « Action » pourrait regrouper de nombreuses bonnes volontés qui, même quand elles n'appartiennent pas à une orthodoxie politique bien précise, se trouvent rapprochées par un même combat.

On pouvait lire récemment sur une palissade de la rue Linné cette admirable citation du pasteur Martin Luther King : « Le principal ennemi est l'homme modéré, qui croit certes à la justice mais qui place l'ordre au-dessus de la justice. » Les amis d'Action mettent la Justice en première ligne.

Veuillez croire, camarades, à mon cordial dévouement.

RELIGION

Il y a quelques années, un musulman pieux de Mauritanie m'avait dit : « Vous êtes un homme de foi, vous devriez nous rejoindre. »

Je lui ai répondu : « Je vous remercie de votre sollicitude, mais pour moi, il existe une montagne unique, que nous gravissons tant bien que mal les uns et les autres par des sentiers différents, avec l'espoir de nous retrouver au sommet de la montagne un jour, à la lumière et au-dessus des nuages. »

Il m'a répondu : « Je comprends votre image, c'est un beau symbole. »

Mais je suis persuadé qu'il considère son sentier à lui non seulement comme le meilleur, peut-être même comme le seul possible. En effet, il y a un argument qui est très fort pour les musulmans, c'est l'argument chronologique. Le prophète Mahomet est le dernier apparu, donc il est venu sceller les prophéties précédentes qui sont parfaitement reconnues par les musulmans, et respectées. Mais Mahomet est le Sceau des prophètes. Il est venu terminer ce qui avait été commencé avant lui. Tant qu'il sera le dernier des prophètes, Mahomet aura pour les musulmans cet avantage d'être venu après les autres, d'avoir complété les autres et scellé les prophéties précédentes. On n'est pas forcé bien entendu, si l'on est chrétien, d'admettre cette argumentation.

Quant à moi, je préfère m'en tenir à l'Évangile.

[...]

Réserve naturelle intégrale

Si la notion de parc national est bien connue, encore que le mot soit très loin d'avoir toujours été utilisé dans une acception identique, celle de Réserve naturelle intégrale ou *Strict Natural Reserve*, dans la terminologie de la Convention de Londres (1933), ne pouvait évidemment susciter un intérêt comparable. Le parc national, au sens habituel du mot et par conséquent sous la forme où l'ont popularisé les premiers, avant bien d'autres pays, les États-

Unis, s'il est une aire protégée et contrôlée, est destiné à l'agrément, à la récréation et à l'instruction du public. La réserve naturelle intégrale, par contre, a pour objet la conservation absolue d'un territoire d'où sera exclue toute activité humaine, quelle qu'elle soit, à la seule exception des recherches scientifiques à y entreprendre.

RÉSISTANCE

Comment voulez-vous que les hommes réfléchissent, ces pauvres diables ! On les abrutit. Écoutez ce qu'on entend à la radio, les rapports du tiercé, du quinté, du quarté, et je ne sais quoi. C'est la mise en condition du peuple. Il ne pense pas à des choses sérieuses. C'est d'ailleurs très bénéfique pour le pouvoir. Comment résister ? Non ! Ils sont submergés ! Il faudrait vraiment un très grand courage pour résister et rester un homme libre. Peu le font... Les autres sont assaillis par la presse.

RESPECT DE LA VIE

Le respect de la vie, sous toutes ses formes, doit constituer la base d'une nouvelle société. Les chasseurs expliquent la survie de ce loisir – quel mot horrible lorsqu'il s'agit de tuer – par la tradition. Même si c'est vrai, cela peut évoluer. Sinon, pourquoi avoir aboli l'esclavage, contre lequel le Nouveau Testament ne s'élève pas ? Dans le même ordre d'idée, pourquoi tenter de renoncer à la guerre, qui a toujours fait partie de notre histoire ?

Je pense que la disparition de la chasse fait partie de cette « hominisation » de l'homme, de cette évolution vers un état supérieur qui se poursuit actuellement. Que l'on ne vienne pas me dire que la chasse a encore une utilité. Elle est devenue anachronique depuis qu'on ne la pratique plus par nécessité.

Les sondages montrent que les jeunes la rejettent de plus en plus massivement : on compte aujourd'hui 74 % des 16-25 ans à la condamner. C'est sur eux, surtout, que je compte. Trois générations devraient suffire pour qu'il n'y ait plus du tout de chasseurs.

En nous proposant pour règle d'une morale nouvelle le respect de sa vie, et de toute vie, Albert Schweitzer nous a offert sans doute la seule formule capable de sauver à la fois l'homme et la nature tout entière.

Respect de la nature

Une espèce animale ou végétale, par le seul fait qu'elle existe, présente une importance pour le chercheur. [...] On pourrait parler bien entendu de l'éventuelle utilité pour telle ou telle chose de telle ou telle espèce d'arbre ou de plante, mais je crois qu'il faut moins penser à des espèces individuelles qu'à des milieux vivants : la forêt – la vraie forêt, qui n'est pas une plantation d'arbres, qui est quelque chose de spontané, de valable… La forêt, la mangrove, la savane, etc., ce sont des formations naturelles qui font partie du vêtement de la planète et les destructions inconsidérées, les atteintes à ce vêtement, peuvent avoir des conséquences que nous ne savons pas prévoir. Dans tout ce processus d'agression qui se développe magnifiquement, actuellement, vis-à-vis des écosystèmes et de la vie sur la Terre, ce saccage de la planète, je crois que c'est une très grande imprudence. Non seulement c'est un méfait au point de vue éthique, mais c'est une très grande imprudence, parce que nous ne connaissons pas les incidences à long terme des erreurs ou des bêtises que nous commettons actuellement. Bien sûr, les politiciens vivent au jour le jour et ils ne peuvent pas réfléchir à une échelle suffisante, mais les biologistes et les géologues pensent déjà à ce qui se passera dans mille ans, dans dix mille ans, etc. Il y aura peut-être encore des hommes à cette époque-là, à moins que l'humanité ne décide de se suicider, ce qui, après tout, n'est pas absolument impossible étant donné l'état d'esprit qu'on lui voit... On peut espérer que l'homme finira par s'hominiser ; jusqu'à présent, on pouvait légitimement dire : « l'homme est né il y a très peu de temps ». Sur le cadran d'une horloge, s'il était douze heures, il serait né à onze heures cinquante-neuf minutes cinquante-neuf secondes. L'homme sur la Terre est un phénomène extrêmement jeune, malgré les quelques millions d'années qu'il a... Alors on pouvait se dire : « il est très jeune, il a tout le temps de sortir de la préhistoire, d'échapper à la barbarie ancestrale, d'abandonner son goût de la violence, de la guerre », etc. Mais maintenant le temps presse, on ne sait pas du tout s'il a beaucoup de temps devant lui pour changer d'attitude car il faut avouer que, pour l'instant, notre civilisation prête à un certain nombre d'inquiétudes. Une civilisation qui est une civilisation du bruit, du gadget bien entendu, du gaspillage et du déchet, ça n'est pas viable indéfiniment. Ça peut durer un certain temps, bien entendu, ça durera un certain temps, mais ça n'est pas une solution aux problèmes de l'homme, parce que l'homme, c'est autre chose qu'un matricule, autre chose qu'une carte d'électeur ou qu'un tube digestif, c'est plus vaste [...]. Alors il faudrait peut-être penser aussi à l'homme complet, et à la destinée de l'homme, et au bonheur de l'homme complet.

Retraite

Le 9 janvier dernier, à midi exactement, je suis descendu de chameau pour la dernière fois de ma vie. Je fermais ainsi une grande parenthèse ouverte en 1923, date de ma première expédition chamelière. Maintenant, à 92 ans, je suis trop vieux. Mais je retournerai encore dans le désert. Il faut retourner dans le désert. Évidemment.

Réveil

Comment ne serais-je pas concerné par la guerre d'Algérie, dans la mesure où, solidaire de la communauté à laquelle j'appartiens, je DOIS me sentir responsable de ce que fait, en MON nom, mon pays ? Je le suis beaucoup moins de ce que font ceux que l'on appelle nos « ennemis », car ils n'agissent ni en mon nom ni en se réclamant du christianisme. Leurs mauvaises actions me peinent, mais je ne m'en sens que très indirectement coupable, tandis que les mauvaises actions de mes frères, c'est en réalité MOI qui les commets et qui dois en porter, devant Dieu et devant les hommes, le remords et la honte. Cela vous explique sans doute qu'en signant ce fameux manifeste*, j'ai voulu, avant tout, non pas tant insister sur tel ou tel aspect de la résistance à la guerre d'Algérie, qu'appuyer une tentative qui pourrait, pour beaucoup d'esprits et de consciences, constituer un choc salutaire et l'occasion – enfin – d'un réveil.

---

* Note de l'éditeur : Manifeste des 121 (voir cette entrée).

Réveiller l'opinion

Le seul espoir, s'il y en a encore, est donc de tout tenter pour ouvrir les yeux de nos contemporains qui s'endorment trop souvent dans une coupable euphorie dont ils ne se réveillent que pour la satisfaction de leurs petits égoïsmes et de leurs menus plaisirs. Beaucoup, qui se passionnent pour leur tiercé – avec la complicité du gigantesque appareil de « mise en condition » qui les a trop bien domestiqués –, demeurent totalement indifférents au fait qu'en mai 1969 les chasseurs de la Gironde, et par des procédés illégaux encore que « tolérés », ont massacré peut-être 1 500 000 tourterelles. On peut bien continuer à saccager, à détruire, à enlaidir, à souiller, à exterminer, peu importe, mais vive la loterie : ça c'est important...

Rites

Derrière le décor du rite et du symbole se lève tout un paysage métaphysique, un cosmos ordonné et cohérent, une philosophie. Ensemble indivisible où tout se tient : fétichisme, religions, croyances et pratiques.

ROC

Créé en 1976, le Rassemblement des opposants à la chasse (ROC) compte dans son comité d'honneur des personnalités comme Brigitte Bardot, Hervé Bazin, Alain Bombard, Nicolas Hulot ou Hubert Reeves.

Il dénonce en premier lieu les procédés inadmissibles auxquels ont recours les chasseurs : lâcher d'animaux de tir, chasse à courre, glu, filets, poison, gaz... autant de méthodes dites traditionnelles mais surtout cruelles.

Si je suis président du Rassemblement des opposants à la chasse (ROC), c'est que mes convictions dans ce domaine étaient bien connues de mes amis. Au moment où il a fallu organiser ce mouvement – il y a maintenant bien des années –, je me suis trouvé un jour choisi par mes camarades pour les représenter à titre de président de ce mouvement qui, comme son nom l'indique, a pour objet de s'opposer, à l'échelon national, à la chasse en général. Mes convictions personnelles et celles des adhérents du ROC sont essentiellement d'ordre moral. C'est un terrain sur lequel les chasseurs ne veulent jamais se voir entraînés. Pour eux la question ne se pose pas. Pour nous, elle se pose, parce que nous estimons – c'est le fondement même de notre action – qu'il est moralement inacceptable de tuer, et par conséquent de faire souffrir, un être vivant quel qu'il soit, uniquement pour se divertir. [...]

Les chasseurs ne pensent pas du tout aux souffrances qu'ils infligent, ça leur est complètement égal. Il y en a même qui prétendent, comme l'a prétendu ce pauvre Descartes, que l'animal-machine ne souffre pas, qu'il est une mécanique, simplement. On sait parfaitement que les mammifères – ne parlons que des mammifères pour l'instant, on pourrait parler des oiseaux, ça reviendrait au même – anatomiquement sont organisés comme nous : ils ont un cerveau comme nous, qui est composé de la même façon, peut-être que le nombre de cellules n'est pas le même mais le principe est le même. Or un mammifère souffrira s'il est l'objet d'une agression, d'un coup, d'une blessure, d'un choc.

Je connais bien les sophismes des chasseurs : à les entendre, ils se promènent dans la forêt pour le plaisir du grand air, pour voir la forêt elle-même. Mais on peut aussi se promener sans fusil. Se promener avec une canne. Moi je me promène aussi avec une canne. D'autres se promènent avec un appareil photographique. Voilà des façons normales de se comporter dans la nature. Les chasseurs se promènent dans la nature forêt pour tâcher de trouver ce qu'ils appellent du gibier, il paraît qu'il y a des animaux qu'il faut appeler du gibier : ce sont ceux qu'on peut flinguer! Et savez-vous combien il y a d'espèces « chassables » (c'est un mot horrible!) en France? Il y en a près de cent. Savez-vous combien il y a d'espèces « chassables » en Grande-Bretagne? Il y en a treize. Cela vous donne immédiatement la différence de climat mental entre ces deux grands pays. Les Anglais ont découvert depuis longtemps que l'animal est un organisme vivant, comme nous, et qu'il ne devrait pas être martyrisé uniquement pour s'amuser.

[...]

Mais il y a d'autres pays qui ne sont pas beaux non plus : la Grèce, c'est épouvantable; l'île de Malte, c'est affreux; l'Italie, ce n'est pas beau, bien que les anti-chasse italiens aient eu le courage, à deux reprises, d'essayer d'organiser un référendum sur la chasse. En revanche, il y a un petit pays qui a supprimé la chasse, c'est le canton de Genève.

[...] Qu'il y ait, dans certains cas, la nécessité de défendre les cultures contre l'action d'animaux sauvages, c'est évident. D'ailleurs, il y a une série de procédés que l'on peut essayer d'employer pour les éloigner sans les massacrer, mais les chasseurs aiment bien dans ces cas-là faire organiser des battues, cela leur permet de tuer les sangliers, mais ils en élèvent aussi pour pouvoir les tuer... Et puis les dégâts des sangliers sont remboursés par l'administration. Alors, si l'on fait un champ de maïs au bord d'une forêt, ce n'est pas toujours uniquement pour élever du maïs, il y a d'autres raisons moins honorables.

La France, actuellement, est un peu la lanterne rouge de l'Europe dans ce domaine-là. Mais le nombre de chasseurs en France diminue régulièrement : actuellement ils sont ainsi 1,7 million. Si ça continue, ça s'éteindra tôt ou tard. Nous faisons un sondage à peu près tous les deux ans. Le dernier, réalisé par la Sofres, nous est extrêmement favorable, puisque 82 % des réponses sont en faveur de l'application par la France de règles européennes. Les revues de chasse, même *La Gazette de la chasse*, n'ont pas reproduit ce sondage.

Les chasseurs se méfient tellement de l'Europe qu'ils viennent de mettre en place un bureau à Bruxelles pour que le lobby de la chasse soit au contact des fonctionnaires européens. Pour défendre la chasse, ils emploient tous les moyens, et ils ont des moyens matériels considérables ; moyens que nous n'avons pas : nous n'avons pas de subventions, nous vivons des cotisations de nos adhérents.

L'Europe, les chasseurs savent bien que c'est de là que vient le danger pour eux. Pour nous, c'est de là que vient l'espoir, parce que les nations civilisées finiront par en avoir assez de constater ce qui se passe en France. D'autant plus que les oiseaux d'eau migrateurs qui naissent en Norvège et aux Pays-Bas et suivent les côtes pour aller en Afrique, c'est au-dessus de la France qu'ils se font massacrer. Après tout, ces oiseaux n'appartiennent pas à tel ou tel pays, ils appartiennent à eux-mêmes, ils ont le droit de circuler à travers le monde comme ils l'entendent et comme leur biologie exige qu'ils le fassent.

Là aussi, il y a des discussions. Le ROC dépose constamment des recours devant les tribunaux administratifs, devant le conseil d'État, pour des décisions illégales ou discutables prises par des préfets, par exemple... Et souvent nous gagnons.

Si le préfet n'obtempère pas au premier rejet de cette décision, la seconde fois, il est forcé quand même de s'incliner devant la décision des tribunaux. Des décisions qui portent par exemple sur les dates d'ouverture de la chasse. Nous essayons de faire retarder les dates d'ouverture de chasse aux oiseaux d'eau, en particulier au canard, parce qu'il est non seulement inhumain mais antibiologique d'ouvrir la chasse à une époque à laquelle ces oiseaux ont encore dans le nid des poussins. Si vous massacrez les adultes, ces malheureux poussins sont condamnés à mourir de faim. C'est horrible ! Ils n'ont pas le droit de faire des choses pareilles ! Nous faisons intervenir les biologistes, les ornithologues, qui savent à quel moment les poussins se mettent en vol. C'est très important. Si l'on prend les décisions, il faut les prendre en connaissance de cause, en se référant à l'avis de ceux qui connaissent la biologie. Ceux-ci sont représentés dans certaines instances. Il peut y avoir un représentant du ROC qui se trouve dans les commissions qui, dans les préfectures, s'occupent des problèmes de chasse. Par exemple, la définition des animaux nuisibles – un problème qui nous préoccupe beaucoup en ce moment, parce que l'on voit des choses très surprenantes se produire. Il arrive que soient même définies comme nuisibles dans un département des espèces qui n'existent pas. Les chasseurs disent : elles n'existent pas, mais elles pourront peut-être un jour exister !

Quand il y a un représentant du ROC ou des écologistes dans les commissions de ce genre, tous les autres représentants sont des chasseurs. Donc, ils ne risquent pas d'être écoutés, les représentants de la biologie, de l'écologie et du ROC.

[...] Les chasseurs sont très bien organisés. Ils sont très riches, puisqu'un chasseur doit être adhérent à une société de chasse. Et il y a des fédérations de chasse dans chaque département. Les gardes-chasses constituent ce qu'on appelle la garderie. Elle dépend des chasseurs. Nous voudrions qu'elle soit chargée de s'occuper de la protection de la faune, et de la chasse, bien entendu, puisqu'elle existe encore en France.

Cet état de fait explique que dans le Médoc, par exemple, on ne verbalise pas beaucoup contre les braconniers qui continuent à élever des pylônes et à massacrer les tourterelles au mois de mai. C'est pourtant illégal maintenant. Non seulement les gardes-chasses ne verbalisent pas, mais les gendarmes de la région ne bougent pas beaucoup non plus. Le ministre de l'Environnement vient de le dire publiquement : c'est terminé maintenant, cette chasse est illégale et elle le restera. Mais sur le terrain, on voit ce qui se passe.

Les chasseurs du Médoc ont l'air redoutable mais ce sont en fait quelques centaines d'énergumènes, qui sont des braconniers – ce ne sont pas des chasseurs, ce sont des braconniers – et qui sont capables d'empêcher un cortège de voitures de progresser sur une route publique.

Face à eux, nous avons reçu pas mal de quolibets et d'œufs pourris, mais ce qu'on appelle les forces de l'ordre étaient là, en grand nombre : il y avait des gendarmes et même des CRS, ces grands gaillards habillés de noir avec de terribles gourdins, des casques, des boucliers. Ils n'ont pas bougé. Ils nous ont protégés matériellement. Ils ont empêché les énergumènes de s'approcher directement des voitures et de casser les vitres, mais ils nous ont obligés à rebrousser chemin. Sur une route qui n'appartient pas aux braconniers, mais à la nation ou au département, nous n'avons pas pu atteindre l'endroit que nous avions l'intention de visiter, qui était la pointe de Grave.

[...] Est-ce que l'année prochaine, ils vont continuer, je ne sais pas. Mais ça finira. Beaucoup de chasseurs sont un peu gênés maintenant. Chez les chasseurs, il y a des brutes en grand nombre, mais il y a aussi des chasseurs intelligents, qui se rendent compte du mauvais effet que font de tels incidents.

[...] Au moins, si on est forcé de tuer un animal, qu'on le fasse dans des conditions propres, rapides, absolument instantanées. Il n'y a pas si longtemps que les modes d'abattage sont codifiés par une loi en France. Il n'y a plus que trois modes d'abattage : le pistolet d'abattage, la pince électrique et la narcose, une prise de gaz qui insensibilise les animaux, après on peut les égorger tant que l'on veut, une fois qu'ils sont insensibles et qu'ils ont perdu connaissance. Mais tous les ans, on trouve des réapparitions de méthodes moyenâgeuses.

Le traitement des animaux sur les marchés, c'est tout un problème. Il y a une œuvre, l'Œuvre d'assistance aux bêtes d'abattoirs, qui s'occupe courageusement des transports d'animaux sur les marchés, chevaux attachés par les pattes, volailles dans des paniers trop petits… Il y a beaucoup à faire.

Lettre de Théodore Monod aux adhérents du ROC, 18 avril 1997.

Il y a eu dans le passé une opposition à l'esclavage et nul ne conteste aujourd'hui le bien-fondé de cette lutte qui, hélas, est encore d'actualité. S'opposer à l'inacceptable, c'est toujours se libérer des préjugés de la tradition et de la coutume, c'est être capable d'une attitude novatrice.

Il n'y a aucune raison de ne pas se déterminer contre la chasse et ceux, de moins en moins nombreux, qui s'offusquent aujourd'hui de ce combat s'étonneront demain de leur faiblesse à ne pas condamner un loisir consistant à tuer des animaux pour se distraire.

Route

La route, pour nous, c'est, par définition, la courbe, le détour, la sinuosité, l'attente, derrière chaque obstacle, derrière chaque écran, de quelque spectacle neuf, d'une surprise, d'un paysage inédit. Elle n'est droite que par accident, jamais bien longtemps, et comme elle nous paraît alors ennuyeuse et monotone !...

La route, c'est aussi, mais cette fois dans le plan vertical, l'alternance désirée, et nécessaire, des vallées et des sommets, et ces successifs points hauts qui marquent, d'étape en étape, notre domination sur le paysage.

Aller tout droit, et aller à plat, c'est pour nous, soit naviguer, soit voler : sur terre, cela ne peut pas exister.

Est-ce tellement certain ? Avez-vous songé à tout ? Avez-vous songé, par exemple, aux immensités désertiques où des plaines sablonneuses d'ampleur démesurée acceptent encore des trajets rectilignes, strictement comparables, et pour bien des raisons, à des traversées océaniques ? À des pays où parce qu'il n'y a rien à contourner, la petite caravane, suspendue au chiffre du « cap » à tenir oscillant sous le prisme du compas, marche tout droit, obstinément, impitoyablement, des semaines durant s'il le faut, jusqu'au puits lointain ? À certaine région du Sahara occidental, grande comme la moitié de la France, sans rien, sans un arbre, sans une vallée, sans une colline, et naturellement sans un point d'eau et sans un campement ?

J'ai voulu voir si c'était vrai et tenter de joindre en ligne droite, avec deux Bédouins, mes camarades Hofdi Ould el Abid, des Regueibat, et El Habib Ould Moïlid, des Kédadra, et cinq chameaux, les puits de Ouadan, dans l'Adrar de Mauritanie, à ceux d'Araouan, au nord de Tombouctou : un peu plus de 900 kilomètres de néant, sans abreuvoir pour les animaux et avec un sévère rationnement pour les hommes.

Neuf cents kilomètres : Paris-Berlin, ou Edimburgh, ou Barcelone... De Notre-Dame à Unter den Linden sans rencontrer une seule aiguade, ou un seul être humain, sans changer une seule fois de direction, cela ne se peut voir qu'au Sahara, au-delà des frontières de la partie habitable de la planète.

Un raid de la nature, qui se situe peut-être sensiblement à la limite des possibilités chamelières, et qui semble bien en tous les cas dépasser les plus forts trajets connus du même ordre, exige, on s'en doute, pour réussir, un certain nombre de conditions. Jusqu'à 500 kilomètres sans eau, chacun, avec quelque entraînement et quelque habitude du désert, peut s'y hasarder sans crainte.

S'aventurer au-delà n'est plus à la portée du débutant ou de l'amateur, et exigera une préparation particulièrement attentive, matérielle, dans le choix des animaux ou celui des peaux de bouc, et, aussi, psychologique.

Il faut mesurer à l'avance sinon le risque, du moins l'effort à fournir, accepter sans tricher la règle du jeu, qui sera sévère, et surtout être décidé à réussir. Cela peut paraître difficile ? C'est, en réalité, tout simple. Car on peut évidemment ne pas y aller, mais une fois la résolution prise, une fois les amarres larguées qui vous retenaient au monde des humains, il n'y a plus de choix à opérer : un seul devoir et, d'ailleurs, une seule possibilité : marcher, inlassablement, et, au plus tôt, « en sortir ».

La route sera dure, on aura froid, on aura chaud, le sable, ce prodigieux abrasif, vous usera jusqu'au sang les orteils, la consommation d'eau s'abaissera certains jours à 630 centimètres cubes pour vingt-quatre heures, on terminera parfois honteusement la partie pédestre de l'étape accroché à la queue d'un chameau ? N'importe : on veut arriver, on doit arriver, on arrivera.

Le vingt-deuxième jour, dans l'après-midi, on arrivait. Pour repartir d'ailleurs le surlendemain mais pour un modeste raid de 600 kilomètres seulement, au bout desquels j'avais rendez-vous avec un détachement méhariste m'apportant cent litres d'eau.

Nous avions, bien des mois à l'avance, décidé que nous nous retrouverions le 20 janvier en ce lieu sinistre qui s'appelle El Mrayer et où le très peu d'eau que donnent les puits est en fait de la saumure : nous y arrivions, les uns et les autres, le 19 et à une heure d'intervalle, excellent exemple et de navigation correcte et de courtoisie saharienne.

J'ajouterais, en terminant, que ce qui doit attirer le voyageur en d'aussi inhumaines solitudes, ce n'est pas le combat à livrer, et les difficultés à vaincre. Disons plutôt, pour être sincère : ce n'est pas seulement cela. Il y a le reste : la structure de ces régions ignorées du géographe, leur géologie, leur faune, leur flore, leur histoire humaine. Oui, humaine : ce n'est pas un lapsus ! Car les industries préhistoriques abondent et, là où les bédouins eux-mêmes hésitent à s'aventurer aujourd'hui, la vie autrefois pullulait, une vie, ô ironie, sédentaire et, qui plus est, amphibie, avec des villages de paysans et de pêcheurs, et… des lacs. Les harpons en os sont encore là, sur le sol, avec les énormes vertèbres des perches du Nil, les os de crocodile ou d'hippopotame, les coquillages d'eau douce…

Singulières rencontres au fond de ce désert des déserts : une poterie néolithique, intacte, qui attend sur le sable depuis des milliers d'années. Nul ne l'a vue sans doute depuis que les préhistoriques ont disparu, nul probablement ne la reverra, car demain, nos fugaces empreintes effacées par le vent, elle aura retrouvé sa solitude. Pour combien de milliers, ou de dizaines de milliers d'années ? Jusqu'aux prochains crocodiles ?

S

Sahara

On entre en Sahara comme on entre en religion. C'est un accès à un domaine vraiment très particulier et qui mérite un certain respect. Il y a des choses qu'un homme bien élevé ne ferait pas en entrant dans une église ou dans une synagogue ou dans une mosquée. Alors au désert je me trouve… j'allais dire dans un endroit un peu sacré, à certains égards. Oui, un peu sacré. Mais alors, quant à prétendre que le désert est monothéiste, comme on l'avait dit autrefois, ça je ne crois pas du tout, parce que les bédouins d'avant Mahomet n'étaient pas du tout monothéistes, ils étaient très idolâtres. Dans la casbah, il y avait des idoles même [...] et Mahomet a nettoyé tout ça, avec un monothéisme très exigeant, très strict, etc., très dogmatique de ce point de vue. Alors je ne crois pas que le désert, automatiquement, favorise la vie spirituelle. Il favorise la solitude, par définition.

Il m'a appris un certain nombre de choses, bien sûr. Le désert est une chose qui est belle, qui ne ment pas, qui est propre. C'est pour ça qu'il faut l'aborder avec un certain respect. Le Paris-Dakar, c'est une horreur. Il y a des choses qu'un homme bien élevé ne fera jamais dans une église, dans une synagogue ou dans un temple. Le Sahara, c'est la même chose, il faut y entrer avec un certain respect car ce milieu (je n'aime pas le mot environnement pour plusieurs raisons) est tout à fait spécial. Bien sûr, il y a d'autres milieux écoprimatiques aussi remarquables que le Sahara : les déserts polaires, la haute montagne, la forêt dense, etc. Mais enfin, le désert est quand même l'un des milieux les plus autonomes qu'on puisse imaginer, car le phénomène de l'aridité y est très spécial.

Sahara libyque

Dans le Sahara libyque… il y a des choses qui m'intéressent beaucoup là-bas. C'est une solitude extraordinaire. Il n'y a pas de végétation. C'est loin de tout, un lieu mal connu, même au point de vue géographique. Et je suis fort intéressé par cette mer de sable où l'on trouve dans les dunes des morceaux de verre, sans doute dus à l'explosion d'une météorite.

Sauvegarde du patrimoine

L'Ifan s'est toujours vivement préoccupé, comme il en avait le devoir, de ces problèmes et n'a cessé, inlassablement, de « prêcher dans le désert », au milieu de l'indifférence des uns et de l'hostilité des autres. Aujourd'hui que les Africains sont responsables de l'avenir de leur continent, il faut que très vite ils adoptent une politique hardie, cohérente et concertée de protection de la nature et de conservation de ses ressources. Il faut aussi que l'adoption d'une charte africaine de protection de la nature vienne au plus tôt concrétiser de façon solennelle, précise et définitive, les principes destinés à guider les États.

Du 5 au 12 septembre 1961, une importante conférence se réunira à Arusha (Tanganyika), organisée en commun par l'Union internationale pour la conservation de la nature et de ses ressources (UICN) et le Conseil scientifique africain (CSA), avec l'appui de la FAO, de l'Unesco, etc. Elle est avant tout destinée aux Africains qui y trouveront les bases les plus solides pour la politique, en la matière, de leurs États respectifs.

L'Ifan collabore, bien entendu, dès l'origine, à la préparation de la conférence d'Arusha, mais il a tenu à verser au dossier de celle-ci un document capable d'appuyer efficacement l'action entreprise. Au cours de l'année 1960-1961, il organisait à Dakar une série de conférences sur le thème général de la protection et de la conservation de la nature. Ce sont ces textes, préparés avec beaucoup de soins et un sens certain de l'utilité d'un effort collectif, que l'on trouvera dans ce fascicule.

Je souhaite qu'il serve une cause qui, à l'Ifan, nous est chère à tous comme elle doit l'être désormais à tout homme éclairé et capable de songer avec intelligence et générosité à l'avenir de son pays et de ses frères. Si l'Afrique parvient à sauver le riche et précieux patrimoine que lui a légué le passé, non seulement ses fils mais tous les planétariens d'aujourd'hui comme de demain lui en sauront gré.

SILENCE

Je ne suis pas un homme de la parole, je suis un homme de l'écriture. Ces dernières années, j'ai publié un certain nombre d'ouvrages où ceux qui voudront bien les lire trouveront l'expression de mes convictions. Mais parler, parler… je ne sais pas parler. Chacun a son charisme, je ne tiens pas spécialement à me mettre en avant. D'ailleurs, les autres ne sont pas écoutés.

Regardez les ours des Pyrénées par exemple. Ils ont contre eux les élus de la région, quelle que soit leur obédience politique, les chasseurs qui tiennent à faire des battues aux sangliers sur leur domaine avec des chiens. Or, les ours détestent les aboiements des chiens.

Moi aussi, je suis un homme de solitude et de silence. Je ne suis heureux que dans la tranquillité… dans le désert. Je suis chez moi dans le désert.

L'homme moderne a peur du silence car, confusément, il pressent que le silence est une terre d'appel, de confrontation avec l'essentiel, avec ce qui fait – ou devrait faire – notre vocation d'homme. Il faut plonger dans le silence comme on s'aventure dans le désert…

SOLIDARITÉ

Le peu que l'on puisse faire, il faut le faire. Aujourd'hui, je suis avec ceux qui se battent pour leur droit au logement. Il faut maintenir le fait que le droit au logement existe absolument au même titre que les autres droits de l'homme. Le droit au travail, le droit au logement vont ensemble, ils sont inscrits dans les conventions, il faut les appliquer maintenant. Le Maire de Paris et les institutions de l'État doivent consentir à appliquer ces principes. Ils ne le feront que si, autour d'eux, ils sentent une pression suffisante. Dire que les gens qui exercent cette pression sont manipulés ou qu'ils sont des manipulateurs est une grossière plaisanterie pour essayer de nous compromettre, elle ne nous émeut pas! Au début du mois d'août, je suis allé jeûner quatre jours comme tous les ans devant le PC atomique français de Taverny en souvenir d'Hiroshima et de Nagasaki. Nous savions très bien que cela ne ferait pas un franc de moins pour le surarmement français, mais c'était une manifestation de liberté individuelle. De loin en loin, cela peut toucher quelques consciences, faisons-le. J'allais dire pour l'honneur, si le mot honneur n'était pas à ce point galvaudé. Ce serait l'Honneur de l'Homme, avec un « H » majuscule, que d'essayer la paix.

Souffrance

L'expérimentation animale est aujourd'hui largement pratiquée avec les objectifs les plus divers, jusqu'à la mise au point des produits cosmétiques pour la création desquels toute méthode cruelle comportant une souffrance pour l'animal devrait se voir interdite : *Beauty without cruelty*, disent nos amis britanniques. Bien sûr, le parti des expérimentateurs (car c'en est un) prétendra que la totalité de ces expérimentations n'a pour seul objectif que d'améliorer la santé humaine. On souhaiterait pouvoir le croire en oubliant que la prodigieuse curiosité technologique et scientifique de l'homme est parfaitement capable d'imaginer des expérimentations douloureuses par simple appétit de savoir et de connaître. Or il faut ici demeurer très ferme : je préfère une ignorance, malgré mon inlassable curiosité, à l'acquisition d'un savoir que je saurai n'avoir été obtenu que grâce à la souffrance d'un être vivant.

Surconsommation

L'homme tue pour tuer. Ne parlons pas de la chasse, qui est indéfendable dans les conditions où elle se pratique, ni de la destruction des migrateurs qui est un crime inqualifiable. Le grand danger actuel est moins dans les actes de chasse ou de pêche en eux-mêmes, que dans la transformation profonde du biotope, des conditions de vie sur le globe. Quant aux êtres vivants, il me semble légitime de les tuer seulement dans trois cas biens précis : pour se nourrir, pour les étudier et pour s'en défendre – et dans les trois cas, en leur assurant une mort sans souffrance. Si le massacre était limité à ces trois cas impératifs, le monde vivant ne serait pas en danger, même avec un très grand nombre d'individus sur la planète. Mais le drame commence avec le gâchis, la surconsommation et le bouleversement des conditions écologiques. Il y a là un crime contre le respect de la vie, que nous allons tôt ou tard payer très cher.

SYMPATHIE

Je crois qu'il y a un élément sans lequel l'homme ne parviendra pas à sa stature définitive, c'est la sympathie, la capacité d'apprécier les autres, et quand je dis les autres, ce n'est pas forcément uniquement les autres habitants de Paris, où les autres membres de ma famille, ou mes autres compatriotes, ni même les autres êtres humains à la surface du globe. Ce sont également les autres êtres vivants, parce que j'ai le sentiment que, là aussi, l'unité devrait jouer et que rien n'est possible sans le respect des autres êtres vivants, c'est-à-dire des animaux (on sait comment l'homme se comporte vis-à-vis des animaux, c'est effroyable quand on a le courage de regarder dans le détail) et des plantes : le monde vivant dans son ensemble. C'est d'ailleurs ce qu'avait découvert le docteur Albert Schweitzer qui, dans son système philosophique, avait fait du respect de la vie les bases d'une éthique nouvelle qui disait : sans ce principe établi comme base de la morale, l'homme ne sortira pas de ses difficultés actuelles, et de ses méfaits actuels, hélas.

Système

Je n'affirme pas l'évidence d'un danger puisque, et c'est précisément sur ce point que j'insiste, personne n'est encore en mesure de l'évaluer. C'est pourquoi je trouve coupable la hâte avec laquelle on se lance dans une aventure qui peut avoir d'aussi lourdes conséquences. [...] La civilisation est dépassée par ses excrétions. La pollution n'en est hélas qu'un aspect. La planète est un système clos. Il en résulte qu'elle constitue un ensemble dans lequel chaque chose dépend de toutes les autres. Dans un récipient plein, on ne déplace pas une molécule sans que toutes les autres ne s'en trouvent déplacées. Il en est de même dans le monde. « Celui qui cueille une fleur dérange une étoile », a dit un poète anglais. C'est que les poètes excellent à traduire d'une façon saisissante les évidences que la science redécouvre laborieusement. La présence de l'homme sur la planète et son insoutenable tendance à disposer de toute chose à son seul profit doivent nous inciter à mesurer la gravité des méfaits dont il se rend coupable et dont les répercussions lointaines nous échappent encore.

Ces répercussions se constatent, hélas, dans tous les domaines. Les manchots de l'Antarctique sont infestés de DDT. Les lichens broutés par les rennes des régions arctiques le sont aussi. C'est dire que si cette contamination les atteint en des lieux si éloignés et si isolés, c'est la planète entière qui peut être contaminée. Une récente expédition a révélé qu'au milieu de l'Atlantique flottent des galettes d'hydrocarbures et des déchets de tous ordres. On feint de s'apercevoir que la mer est en danger… En fait, le danger est déjà largement « opérationnel » comme on dit, et les écologistes le savent depuis longtemps.

T

Teilhard de Chardin

Le renom et l'influence du père P. Teilhard de Chardin s'étendent chaque jour et beaucoup, qui ne sont ni géologues ni ecclésiastiques, ni « fils de la terre » ni « enfants du ciel », connaissent aujourd'hui cette silhouette aristocratique, ce visage osseux aux yeux pétillants d'intelligence et de bonté, ce beau sourire. Certains savent, ou devinent, que le savant, auquel l'Académie des sciences vient d'ouvrir ses portes, le spécialiste de la paléontologie humaine ou de la géologie de l'Extrême-Orient est aussi un philosophe courageux, mais dont l'œuvre, pour des raisons évidentes, n'a pu encore être rendue publique sous une forme cohérente et systématique, encore qu'elle ait tout de même commencé à filtrer au dehors.

Temps

On finit par découvrir que rien n'existe en quantité illimitée à la surface d'une petite boule comme la nôtre. Il faudrait faire attention dans bien des domaines. Mais les hommes politiques !… Cinq cents ans pour eux, c'est une éternité ! Pour la nature, c'est demain matin, c'est ce soir.

Tératologie

À côté de la tératologie physique qui préoccupe le biologiste, il y a décidément place pour une autre « science des monstres », la tératologie morale. Voici un cas qui relève indiscutablement de cette discipline : il s'agit d'un « Français de 35 à 40 ans » qui vient d'émettre quelques aphorismes manifestement monstrueux et méritant à ce titre de retenir l'attention des psychopathologistes. Je cite, par exemple : « Tout se passe comme si la guerre était une épreuve supplémentaire imposée par Dieu à l'humanité. Condamner la guerre, c'est condamner un ordre de choses voulu par Dieu, qui est, ne l'oublions pas, le Dieu des Armées, c'est donc offenser Dieu… La guerre est en elle-même une chose magnifique, quand elle est une guerre de conquête, une guerre coloniale pour subjuguer des êtres primitifs ou à demi-civilisés de l'Europe pour asservir le monde… En Europe même il y a des races de seconde zone qui sont nées pour être asservies. » Et voilà, il y a donc au moins un monstre en France. Pourvu qu'il n'y en ait qu'un. Et pourvu surtout qu'il ne nous fasse pas de réclame à l'étranger !

Théologie de la nature

Dans la mesure où l'écologie est une science, il ne saurait y avoir une écologie chrétienne, pas plus qu'il n'y a une botanique ou une entomologie chrétienne. Mais il serait temps que les théologiens songent à une théologie de la nature. L'homme a beau se dire « roi de la Création », tout ne lui est pas permis. Il doit retrouver le sens du cosmique, le sentiment de solidarité entre tous les êtres, qui appartiennent à un ensemble indissociable : l'univers. Francis Thomson, le poète anglais, disait : « Celui qui cueille une fleur dérange une étoile. » L'unité du monde des vivants, en particulier, est prodigieuse, le noyau des cellules et la composition de l'ADN sont les mêmes chez tous.

Tolérance

Je n'y puis rien, cela doit être inscrit quelque part dans mes chromosomes, mais je serai toujours, instinctivement, pour le loup, parce qu'il est libre et ne porte ni livrée ni képi, et pour le mal-pensant, le non-conformiste, le franc-tireur, qui sera aussi, trop souvent, le méconnu, le méprisé, le sans-voix, l'inécouté et, à la limite, le persécuté, voire « l'interpellé » comme on dit aujourd'hui, par euphémisme et en oubliant le vrai sens du mot, pour « arrêté ».

Trêve

Comme il y a une trêve des confiseurs, nous demandons la trêve des chasseurs.

Trêve : cessation provisoire des combats pendant une guerre, par convention des belligérants, interruption des hostilités. Au sens figuré : arrêt de ce qui est pénible, dangereux.

Telles sont les définitions du dictionnaire.

Certes, il va être difficile, sinon impossible, de réunir les parties adverses autour d'une table de négociations ! D'un côté les chasseurs, de l'autre les animaux chassés, piégés ou gazés. Cela relève du rêve le plus délirant !

Mais si en face des chasseurs se trouvaient leurs opposants, avocats commis d'office pour défendre les intérêts des animaux? Eh bien, cela aussi est un rêve impossible à réaliser : les chasseurs refusent de débattre avec le ROC.

Brigitte Bardot l'a clairement expliqué devant les caméras de France 3 le 25 octobre dernier : les dirigeants de la chasse refusent tout bonnement d'affronter leurs adversaires! Sentiment de culpabilité? Les explications sont inutiles; ce qui importe, c'est qu'il est devenu impossible d'organiser un tel face-à-face. Ainsi, les opposants à la chasse ne peuvent exposer leurs griefs tandis que les chasseurs étalent leurs prétextes.

Alors, faute de s'asseoir à la même table de conférence, le ROC lance quand même l'idée d'une suspension des tirs et des chasses à courre la dernière semaine du mois de décembre.

Une semaine, c'est peu! Cette paix passagère ne devrait-elle pas être suggérée par les Églises? Du temps des princes combattants, l'Église imposait une cessation des hostilités; c'était la trêve de Dieu. Mais il est vrai que les chasseurs ne sont pas des princes...

Et il y a gros à parier que les chasseurs tueront sans trêve de Noël au jour de l'an, comme avant et comme après, autrement dit au maximum des possibilités qu'offre une réglementation faite pour eux.

Il n'y aura donc pas le moindre semblant d'imitation de la trêve des confiseurs. Les animaux n'auront ni paix ni trêve, et le ROC ne peut se contenter de les réclamer : c'est sans interruption qu'il multiplie les actions pour obtenir moins de cruauté, moins d'animaux tués, moins de jours de chasse...

Les batailles menées sont pourtant toutes pacifiques. S'en remettant à la justice, le ROC défère devant les tribunaux les arrêtés préfectoraux ou ministériels irrespectueux du droit français ou européen. S'en remettant à l'opinion publique, il l'interroge pour contrôler la concordance de ses objectifs avec les aspirations des citoyens de notre pays.

Bien sûr, le ROC lutte à armes inégales. Les chasseurs récupèrent une grande partie de l'argent qu'ils versent pour exercer leur loisir, mais le ROC ne reçoit aucune subvention. Les chasseurs sont flattés par les politiciens, le ROC, approuvé en privé, est ignoré en public. Mais il continue son chemin, fort de l'élan qu'il suscite. Tout le monde comprend en effet qu'il est nécessaire de créer un réel contrepoids à la chasse. Promeneurs, randonneurs, naturalistes, résidants des zones suburbaines ou rurales, touristes, agriculteurs et aussi éleveurs : tous les non-chasseurs qui, un jour ou l'autre, ont eu à maudire la chasse, sentent de plus en plus le besoin d'un vaste rassemblement d'opposition, même si chacun sait bien qu'il ne peut être question d'abolir la chasse.

Nous voilà loin d'une quelconque relâche. Pourtant l'approche des fêtes est à marquer d'une façon plus pacifique encore que ne l'est l'action ordinaire de l'association. Alors, voilà une idée de cadeau à la nature… On en fait à tous ceux qu'on aime, alors pourquoi pas à la nature ?

Le ROC a lancé un réseau de refuges, portions de territoires privés, retirés à la chasse en vertu du code rural selon lequel « nul n'a la faculté de chasser sur la propriété d'autrui sans le consentement du propriétaire ou de ses ayants droit ».

Quels que soient le type, la surface et la situation de votre terrain, un refuge est un lieu de paix où la nature est privilégiée. Le ROC offre des guides de plantation (haies, bosquets…) ou d'aménagement (création d'une aire favorable aux papillons par exemple), et son service juridique est gratuitement à disposition des adhérents.

La pose de nichoirs ou, mieux encore, le maintien de quelques vieux arbres pour aider les pics et les mésanges à trouver leur trou, le creusement d'une mare si aucune zone humide n'existe, la fabrication de mangeoires en cas d'hivers redoutables, tout cela fait partie des suggestions et de l'assistance technique offertes aux propriétaires.

Alors, un refuge en cadeau à la nature ? Il suffit d'abord d'adhérer au ROC. C'est un geste simple et vous rejoindrez ainsi les partisans de la PAIX DANS LA NATURE, bien au-delà d'une simple trêve…

TUER

Que les hommes préhistoriques aient eu besoin de tuer des animaux, c'est évident. Actuellement, les Esquimaux tuent des phoques, les Bushmen, des girafes, c'est nécessaire pour eux. Ils n'ont pas le choix. Mais ailleurs, c'est totalement anachronique. On ne chasse plus ici ni pour se défendre ni pour se nourrir. On chasse pour s'amuser… Il y a des gens qui trouvent amusant de tuer des animaux.

Les chasseurs prétendent qu'ils sont gestionnaires de la nature.

Qu'ils sont les seuls gestionnaires, même… Non, sérieusement, il y a quelque chose d'intéressant depuis quelque temps : les gardes-chasses ont acquis leur indépendance vis-à-vis des chasseurs (ils vont désormais être rémunérés par l'État). Avant, ils étaient rémunérés par les chasseurs. Maintenant, ils peuvent gérer la nature indépendamment, dans l'optique de la protéger.

U

Unité

Je pense qu'il y a deux idées générales qui pourraient favoriser l'éclosion de l'homme, c'est ce que je ressens personnellement très profondément : c'est d'abord cette notion de totalité, l'unité des choses et des êtres. Le globe terrestre, c'est un système unique et clos, fermé, à la surface duquel rien ne se trouve en quantité indéfinie. C'est pour cela qu'il faut économiser un certain nombre de choses, même l'eau. Mais cela va plus loin, de songer au cosmos. L'unité du cosmos, cette idée que tout, à l'intérieur de l'univers, se tient : il n'y a que les poètes qui savent ça, et qui l'ont dit d'ailleurs. Un poète anglais qui est très connu, Francis Thomson, a dit : « Celui qui cueille une fleur dérange une étoile. » C'est une idée merveilleuse, magnifique, cette idée que, à l'intérieur de notre système cosmique, tout agit sur tout. J'ai retrouvé exactement la même idée dans Victor Hugo, pas dans un poème, dans *Les Misérables*. Je cite de mémoire. Victor Hugo écrit quelque part dans *Les Misérables* : qui oserait affirmer que le parfum de l'aubépine est inutile aux nébuleuses ? Il y a quelque chose comme ça, eh bien c'est exactement l'idée de Francis Thomson, l'idée de l'unité de tout ce qui existe à la surface du monde. Quelqu'un disait aussi : « Si je connaissais le tout de quelque chose, je saurais le tout de tout », ce qui signifie que si quelqu'un connaissait les secrets d'un grain de sable, il aurait le secret du cosmos. Or nous ne connaissons pas les secrets d'un grain de sable, loin de là. Voilà donc une chose, la totalité et l'unité.

UNIVERS

Il faudrait que les hommes acquièrent le sentiment de l'unité des choses et des êtres. Qu'ils sachent qu'ils font partie d'un ensemble indissociable. Nous faisons partie de la nature au sens large du mot. Et nous faisons partie de l'Univers. Ce sont des cercles différents, bien sûr, mais c'est la même chose tout cela, d'un bout à l'autre. [...] Cette nouvelle morale du respect de la vie devrait nous permettre de découvrir la profonde unité du monde vivant, la solidarité des choses et des êtres.

UTOPIE

On entend s'exclamer : « L'avenir de l'homme ! Vous êtes des idéalistes, des utopistes ! » Quand ils ont dit utopistes, ils croient avoir tout dit. Mais c'est une absurdité, car l'utopie, ce n'est pas forcément l'irréalisable, c'est tout simplement l'irréalisé. L'utopie d'hier peut devenir la réalité de demain, la pratique de demain, c'est ce que nous souhaitons. Mais nous ne sommes pas assez à la souhaiter, malheureusement.

V

Végétarien

Personnellement, je ne mange plus de viande depuis quarante ans.

Quand j'étais garçonnet, je me rappelle avoir renoncé à manger du thon lorsque j'ai découvert les affreuses boucheries des chambres de mort des madragues de la Méditerranée. Ce qui prouve que ma sensibilité était déjà éveillée dans cette direction.

Pour la viande, je me suis décidé à y renoncer pour deux raisons : c'était l'époque où je faisais des trajets au long cours, des trajets de plus de cinq cents kilomètres entre deux points d'eau. À la veille de ce genre de promenade, j'ai voulu prouver que l'on pouvait faire un considérable effort physique – il s'agissait de trajets à pied et à chameau – sans manger de viande, alors que le préjugé français est que sans alcool et sans viande, sans vin tout au moins, on n'est pas un homme, on est faible. La seconde raison est que je voulais protester contre les modes d'abattage sémitiques, c'est-à-dire l'égorgement à vif, auquel je répugne de tout mon cœur. Je partage l'opinion d'un personnage d'un roman de Marguerite Yourcenar, *L'Œuvre au noir*. Cet homme, Zénon, dit : « Je répugne à digérer des agonies »… On dira que je ne suis pas totalement honnête puisqu'il m'arrive de loin en loin de manger une sardine dans une boîte, sardine qui a eu aussi son agonie.

La viande n'est pas forcément indispensable. Il y a des millions d'êtres humains qui n'en mangent pas, en Orient, dans le Sud-Est asiatique. Mais il n'y a pas d'évolution visible actuellement des modes d'alimentation plus favorables aux animaux. Il y a beaucoup de gens qui s'abstiennent de manger de la viande ; je pense qu'il y en a de plus en plus.

Certaines personnes qui ne mangent plus de viande mangent du poisson… Il y a tous les degrés, mais c'est déjà un stade. Il vaudrait mieux s'abstenir de tout produit animal. Qu'appelle-t-on produit animal ? Est-ce la chair ? Est-ce le lait ? Sont-ce les œufs ? Les œufs aussi sont des êtres vivants. Je ne crois pas qu'il soit criminel de manger des œufs, parce que les graines sont aussi des êtres vivants.

Ce qu'on peut dire, c'est que les végétaux, pour autant que nous le sachions, n'ont pas de système nerveux, n'ont pas de souffrances proprement dites. Encore qu'on entend dire des choses curieuses, qu'il y aurait une sensibilité chez les végétaux.

[Je ne suis] pas totalement [végétarien], parce que je suis un homme illogique ; je ne mange pas de viande, mais je mange encore des sauterelles, des poissons et des crustacés.

Vent (du désert)

Il est évident que, à circuler dans les déserts, on est perpétuellement en contact avec le vent, et souvent avec un vent violent. On s'était demandé pendant longtemps si le vent n'était pas dans les déserts plus fort qu'ailleurs, si ce n'étaient pas des régions où le vent même aurait joué un rôle dans la morphologie, c'est-à-dire dans les formes mêmes des reliefs – on avait beaucoup parlé d'érosion éolienne, de corrasion, etc. Eh bien, les études les plus récentes aboutissent à un point de vue un peu différent. Un grand climatologiste saharien, mon collègue et ami Dubief, nous explique maintenant que, au fond, le vent au Sahara n'est pas tellement plus fréquent qu'ailleurs, qu'il n'y est pas tellement plus violent qu'ailleurs, mais que simplement, on le perçoit mieux parce qu'il y a moins d'obstacles pour en empêcher les effets. Je pense que c'est vrai. On est souvent gêné par le vent au Sahara. Évidemment, il n'y a pas de simoun pour engloutir les caravanes, comme sur les images d'autrefois ou dans les romans d'autrefois… Mais il y a des vents de sable qui sont extrêmement désagréables et qui peuvent vous arrêter même un ou deux jours. Il m'est arrivé d'être obligé de stationner jusqu'à ce que la tempête s'apaise. Mais le vent n'est plus considéré aujourd'hui comme un agent important de l'érosion. Il peut sculpter, naturellement, bien entendu, il y a une foule de signes de l'action du vent à la surface des roches.

VÉRITÉ/MENSONGE

Nul ne se fait trop d'illusion sur le degré de véracité des affirmations gouvernementales – du type : « il n'y aura pas d'augmentation des tarifs de… », alors que cette augmentation se trouve déjà décidée et que l'on n'attend plus que le moment favorable, les vacances d'août, par exemple, pour l'appliquer… – et chacun sait que ministres et diplomates de tous les pays mentent à qui mieux mieux, et sans le moindre scrupule apparent, au point qu'un démenti officiel est devenu, hélas, bien souvent la preuve que la chose était vraie.

Mais l'aveu reste rare. J'en sais deux exemples, celui, d'abord, d'un ambassadeur me confessant, à Dakar : « J'aurais mieux fait de m'orienter vers la recherche : dans notre métier il faut mentir, toujours mentir… », celui ensuite d'une « haute personnalité française », non autrement désignée, déclarant à J.-R. Tournoux, à propos de l'agression franco-britannique de Suez : « Je suis prêt à démentir les faits les plus exacts. Pour moi, en politique internationale et lorsque les intérêts du monde libre sont en cause, il y a de pieux mensonges. »

Vie

Il y a un cas d'adaptation prodigieuse : il existe une grenouille australienne, dans les régions arides, qui incube ses œufs dans son propre estomac. Ça pose des problèmes physiologiques extraordinaires… C'est nouveau, nous ne savons cela que depuis quelques années, mais ça montre le prodigieux pouvoir d'invention de la vie, prête à occuper toutes les niches écologiques qui se présentent. Il y a aussi des déserts quasi totaux, « hyper-arides » comme disent les géographes : le Ténéré, le Tanezrouft, le désert libyque, où on peut faire plus de cent kilomètres sans voir une seule plante, même sèche… ou le désert de Lût, dans le sud iranien, un désert total, où il n'y a aucune trace de vie non seulement actuelle, mais même du quaternaire. Au Sahara, on trouve toujours des choses entre les cordons dunaires. Là, rien. Si : des coquilles d'œufs d'un grand oiseau dont nous ne savons rien. La vie a réussi à envahir tous les « biotopes », tous les milieux existant à la surface du globe. Et la mer… La mer, c'est l'espoir parce que même si la vie disparaissait des continents, la mer resterait probablement un réservoir quasi inépuisable. La moyenne de profondeur est de 4000 mètres (ça peut aller jusqu'à 10000 mètres) et il y a encore du monde à 4000 mètres. Mais la partie vivante de la mer, bien sûr, c'est la partie éclairée.

Le péril essentiel du monde actuel est l'amour de l'homme pour la guerre. Son avenir est extrêmement menacé. De toute façon, la nature existait avant l'homme, elle existera après. Les animaux non seulement se consoleront mais ils seront enfin délivrés de leur principal bourreau. La disparition de l'homme améliorerait énormément la vie. On reverrait des végétations naturelles, des faunes en équilibre avec leur milieu. [...]

Nous nous sommes attribué le rôle de roi de la Création. Les théologies orthodoxes insistent beaucoup là dessus, l'homme est le roi de la Création. Moi, j'estime qu'il est un des éléments du monde vivant, qu'il devrait être étroitement associé aux autres êtres vivants. Mais il s'est arrogé un droit régalien sur les plus faibles au fur et à mesure qu'il a acquis un perfectionnement technique lui permettant de faire des choses auxquelles il ne pouvait pas songer auparavant.

L'homme pourrait détruire la planète s'il le voulait... La veille de Nagasaki et d'Hiroshima, le 6 août 1945, l'ère chrétienne a basculé, l'humanité entrait dans l'ère nucléaire. [...]

Il fut un temps où les Français se vantaient de pouvoir détruire d'un seul de leurs pétards trente millions de Moscovites. On parlait alors de « mégamort » ou de « gigamort ». Notre force de frappe avait un objectif démographique.

Aujourd'hui, il faudrait que le moratoire de Mururoa ne soit plus un moratoire mais un arrêt définitif de ces pittoresques pyrotechnies polynésiennes dont le principal résultat aura été de nous brouiller avec tous les États du Pacifique Sud. [...]

Comme naturaliste, je suis au service de la vie, je veux servir la vie. C'est ce que nous a appris Albert Schweitzer. Il nous a donné une formule que l'on peut traduire en français par « respect de la vie », non seulement respect mais vénération, presque au sens religieux du terme. Il déclarait que ce respect devait servir de base à une nouvelle morale.

Je veux respecter la vie quelle qu'elle soit, celle des êtres vivants en général. Nous manquons de la notion d'unité des choses et des êtres à l'intérieur du cosmos. Le moindre de nos actes a une influence dont on n'ose pas mesurer la distance.

Vieillesse

Bien sûr que l'âge existe pour moi ! Bien entendu, il ne peut pas ne pas exister. Tôt ou tard, je vais être appelé à rendre la barque prêtée, comme disait mon père, et à passer à l'autre rive. Ça peut arriver d'un jour à l'autre, ça fait partie du programme. Je n'en suis pas inquiet d'ailleurs, ça sera même très intéressant. Ça m'intéressera énormément de savoir s'il y a quelque chose de l'autre côté du voile. C'est prodigieux ! Ce n'est pas rien comme problème, l'au-delà ! [...] Je ne me précipite pas pour autant, j'ai encore beaucoup de choses à faire avant de m'en aller, des choses à mettre en ordre, des travaux à terminer. [...] Pas seulement du travail, mais des endroits que je voudrais visiter, que je voudrais voir. J'ai vu beaucoup de choses déjà... Dans les îles du Cap-Vert par exemple, je voudrais voir le volcan de Fogo, pour la répartition de la flore entre éléments tropicaux et éléments paléarctiques, c'est-à-dire européens. [...] Il y a certainement encore des choses à trouver. Je reste en tout cas dévoré de curiosité. Je n'ai pas fini d'essayer de rassasier mon désir d'apprendre, de comprendre, et d'explorer au sens large du mot.

VIVISECTION

Rien ne prouve que la physiologie d'un animal soit comparable, transportable à celle de l'homme. Certains médicaments concluants sur les animaux sont catastrophiques pour l'homme, cela dépend des sujets et, dans ce domaine-là, on ne peut jamais généraliser. À présent la vivisection peut être évitée grâce aux cultures de tissus humains ou animaux, permettant des expériences parfaitement licites, nommées méthodes substitutives : ce procédé peut permettre d'éviter le sacrifice de milliers, de millions d'animaux. Et puis il ne faut pas oublier que l'expérimentation animale n'est pas que destinée à sauver des vies humaines. Ainsi les laboratoires de cosmétique utilisent tous les ans des millions d'animaux. Les choses ont un peu progressé, certains laboratoires de cosmétique spécifient que l'élaboration de leurs produits n'a pas nécessité d'expérimentation animale.

Le scandale de la *dog connection* et du procès qui a suivi, où furent impliqués professeurs et vétérinaires, est terrible. C'est encore une étape concrète de la défense du chien. Il faut démanteler ces réseaux qui servent un commerce florissant de chiens volés généralement et revendus à des laboratoires, officiels d'ailleurs, facultés de médecine, et autres. C'est un scandale considérable. Tuer un chien ou le faire souffrir pour la religion du profit ne doit pas rester impuni comme ce fut le cas trop longtemps. Et il faut rappeler l'article 7 de la Déclaration des droits de l'animal : « Tout acte impliquant sans nécessité la mort d'un animal et toute décision conduisant à un tel acte constituent un crime contre la vie. »

Z

Zoo

Il est anormal d'encager les animaux dans les ménageries, les zoos. On leur assure la pitance, on améliore leur cadre de vie, pourtant ce ne sont que pis-aller. Leur situation reste profondément misérable. Il faut condamner le principe et ne pas écouter ceux qui prétendent sauver des espèces menacées en les détenant : le seul exemple ? Le cheval de Prjevalski, cheval sauvage d'Asie centrale que l'on ne trouve plus que dans les zoos. À la rigueur, gardons celui-là et relâchons tous les autres. Les emplacements libérés permettraient d'accueillir des moutons, des ânes, des chèvres qui raviraient les enfants des villes.

Table

8231

Composition Emma Publishing
Achevé d'imprimer en France (Manchecourt)
par Maury-Eurolivres le 10 janvier 2007.
Dépôt légal janvier 2007.
ISBN 978-2-290-35365-5
EAN 9782290353655

Éditions J'ai lu
87, quai Panhard-et-Levassor, 75013 Paris

Diffusion France et étranger : Flammarion